KB175630

속눈썹,

잃어버린
잠을
찾는
방법

꿈꾸는돌
37

속눈썹, 혹은 잃어버린 잠을 찾는 방법

최상희 연작소설

2023년 9월 7일 초판 1쇄 발행
2024년 11월 29일 초판 6쇄 발행

펴낸이 한철희 | 펴낸곳 돌베개 | 등록 1979년 8월 25일 제406-2003-000018호
주소 (10881) 경기도 파주시 회동길 77-20 (문발동)
전화 (031) 955-5020 | 팩스 (031) 955-5050
홈페이지 www.dolbegae.co.kr | 전자우편 book@dolbegae.co.kr
블로그 blog.naver.com/imdol79 | 트위터 @Dolbegae79 | 페이스북 /dolbegae

편집 이하나
표지 디자인 김민해 | 본문 디자인 김민해·이연경
마케팅 심찬식·고운성·김영수·한광재 | 제작·관리 윤국중·이수민·한누리
인쇄·제본 영신사

ISBN 979-11-92836-25-6 (44810)
ISBN 978-89-7199-432-0 (세트)

속눈썹, 혹은 잃어버린 잠을 찾는 방법

최상희
소설

돌베개

우산은
하나로
족하다

오른쪽 속눈썹이 없어졌다. 미술 시간이 끝날 무렵 민영이 말해 줘서 알게 되었다. 그날 미술 시간에는 초상화를 그렸다. 두 사람씩 짝지어 상대방의 얼굴을 세 시간에 걸쳐 번갈아 그릴 예정이었다. 완성한 초상화는 수행 평가에 반영된다. 짝은 번호순으로 정해졌다. 민영이 먼저 그리고 싶다고 해서 그러라고 했다. 누가 먼저 그리든 나는 상관없었다.

지브리 애니메이션 엔딩 장면의 주인공 표정으로,라고 민영이 주문했다. 지브리 애니메이션 주인공이라면 토토로일까, 아니면 센과 치히로이려나 고민하는데 민영이 조금 못마땅한 얼굴로 말했다. 아니, 아니, 그런 너구리 같은 표정 말고 바람이 쏴아아 불어오는 언덕에서 밀짚모자를 한 손으로 살짝 누르고, 그렇다고 손을 올리라는 건 아니고, 저 멀리 하얀 구름이 뭉게뭉게 피어오르는 파란 하늘을 응시하며 뭔가 벅차오르는 표정 같은 거. 나는 언덕과 뭉게뭉게, 솨아아 등을 떠올리며 포즈를 취했다. 입을 살짝 벌릴까, 물으니 민영이 잠시 생각하다 다물고 있으라고 했다. 그래서 그렇게 했다.

사방에서 키득거리고 술렁이다 조용히 하라는 미술 선생님의 말에 겨우 잠잠해졌다. 나는 턱을 약간 치켜들고 입은 다물고 입꼬리를 살짝 올린 채, 민영의 이젤 너머로 창밖을 바라봤다. 하늘이 꾸물꾸물한 게 금방이라도 비가 쏟아질 듯싶었다. 우산 없는데 비가 오면 어쩌나.

사각사각 스케치하는 소리만 이어졌다. 연필 소리에 귀 기울이다 보니 눈앞이 침침해지며 살짝 졸렸다. 잠을 쫓으려 눈을 몇 번 깜박거린 뒤 눈동자를 슬쩍 돌려 민영을 바라봤다. 민영은 집중하면 먹이를 받아먹는 아기 새처럼 입을 뾰족 내민다는 걸 알게 되었다. 같은 반이어도 민영과 말을 나눈 적은 별로 없었다. 이제 보니 민영은 꽤 야무진 것 같다. 그런데 원래 얼굴이 저렇게 어두침침했나, 하는 순간 눈이 마주쳤고 나는 재빨리 뭉게구름 가득한 상상의 하늘로 눈길을 돌렸다.

움직이지 않고 자세를 유지하기가 생각보다 쉽지 않아 어깨와 등이 뻣뻣해지며 얼굴에 경련이 일 것 같았다. 다른 아이들은 채색에 들어간 듯한데 민영은 지우개질만 반복했다. 간간이 한숨도 쉬었다. 아무래도 내 얼굴은 그리기 어려운 편인가 보다. 이런 얼굴로 태어나길 원한 건 아니지만 그렇다고 큰 불만도 만족도 없었으나 상황이 상황인지라 이왕이면 초상화에 적합한 얼굴이었으면 싶었다. 민영이 원한 지브리 애니 주인공이 혹시 포뇨였을까 생각하다 어엇, 놀랐다. 민영의 얼굴이 눈앞에 바짝 다가와 있었다.

"너, 속눈썹 말이야."

"으응?"

"어떻게 한 거야?"

속눈썹이 어떻다는 거지, 확인해 보려는 순간 민영이 야아, 포즈, 하고 말해서 황급히 손을 내렸다.

"몰랐어?"

"어?"

"한쪽 속눈썹이 없어. 왼쪽, 아니, 오른쪽."

"진짜?"

"어쩐지 이상하다 했다."

민영이 한숨을 푹 내쉬더니 뭐라고 중얼거렸다. 망했다,라고 한 것 같았다.

미술 시간이 끝나고 화장실에 가서 거울을 보니 과연 왼쪽, 아니 오른쪽 속눈썹이 없었다. 몇 올이 빠진 게 아니라 깨끗하게 사라졌다.

한쪽 속눈썹이 없는 얼굴이란 이렇구나. 나는 거울을 자세히 들여다보았다. 손으로 오른쪽 얼굴을 가려 보았다. 반대로 왼쪽 얼굴을 가려 보았다. 많이 티 나. 유심히 보지 않으면 잘 모르겠다. 민영이 말해 주기 전까지 나도 몰랐으니까. 그런데 언제부터였을까. 왜 사라진 걸까.

그나마 속눈썹이라 다행이다. 한쪽 콧구멍이라든가, 귀라든가, 아니면 한쪽 눈이 사라졌다면 정말 낭패였을 것이다. 한쪽 눈만으로는 거리를 가늠하기 어렵다고 들은 적 있다. 귀가 한쪽만 있다면 안경 쓰기 불편하리라. 나는 안경을 쓰지 않지만 시력이란 언제 나빠질지 모를 일이니까. 콧구멍이 한쪽뿐인데 막히기라도 하면 굉장히 불편할 것 같다. 아무래도 두 개여야 안심이다. 속눈썹은 없으면 좀 어색하긴 하지만 없어도 그만 아닐까. 그래도 역시 없는 건 이상한가. 그때 수업 시작종이 울려서 황급히 교실을 향해 뛰었다.

어떻게 된 걸까.

내가 속눈썹을 뽑은 적도, 다른 누가 내 속눈썹을 뽑은 기억도 없다. 속눈썹이 한두 올도 아니고 통째로 숭덩 빠진 걸 보니 예사롭진 않다. 혹시 그건가? 죽을병? 내 나이 열일곱, 목숨에 연연하지 않지만 그래도 지금 죽기엔 다소 애매하다. 아직 못 해 본 게 많다. 뭘 하고 싶다는 포부나 뭘 해야겠다는 각오는 없다. 닥치면 해야 할 일을 하고, 틈나는 대로 하고 싶은 일을 하면 되리라 싶었다. 내게 그 정도 시간은 있다고 생각했다. 방심했다. 인생이란 뒤에서 날아오는 돌멩이와 같다는 말을 들은 적 있다. 피할 수 없으면 맞서라는 말도 있다. 죄다 말만 번지르르하다.

일단은 진정하자. 이왕 벌어진 일, 사태를 파악했으니 이제 수습할 때다. 역시 그 방법밖에 없다. 인류의 축적된 지식에 기대를 걸어 보기로 했다. 책상 서랍 속으로 휴대폰을 숨기고 검색 창에 입력했다. 속눈썹, 속눈썹, 한쪽 속눈썹. 검색에 열중하느라 수학 샘이 내 번호를 부르는 소리도 듣지 못했다. 17번은 수학 포기했냐, 아니면 반항하냐. 그제야 나는 정신을 차리고 칠판 앞으로 나갔다. 문제를 풀고 나자 선생님이 틀렸네요, 하고 어쩐지 기쁜 듯이 말했다. 꼭 내 속눈썹을 두고 하는 말처럼 들렸다. 자리로 돌아오는데 따가운 눈빛이 느껴져 고개를 돌리자 민영이었다.

수업 끝나는 종이 울리자마자 민영이 내 옆으로 왔다. 곰곰이 생각해 봤는데, 하고 민영이 말을 꺼냈다. 미술 샘한테 얘기해야 하지 않을까? 민영이 내 오른쪽 눈을 빤히 바라봤다. 굳이 얘기할 필요까지 있을까. 그래 봐야 속눈썹, 그것도 한쪽 속눈썹일 뿐인데. 선생님은 안 그래도 수업과 학생 관리 및 기타 업무 등등으로 바쁠 텐데 굳이. 우물우물 반대 의견을 밝히자 민영은 한숨을 내쉬었다.

"그게 좀. 한쪽 속눈썹이 없으니 균형이며 조화가 영 안 맞아서 말이야. 그럴수록 그림이 괴상해진다고. 기괴까지는 아닌데, 좀. 그런데 미술 샘은 내가 못 그린 탓이라고 생각하지 않겠어? 그럼 수행 점수는 망할 테고."

괴상이니 기괴니, 살짝 마음이 상했지만 민영의 입장에서는 난처하겠다 싶었다. 그럼 양쪽 다 속눈썹이 있는 얼굴로 그리면 어떻겠냐고 제안하자 민영이 눈을 또르르 굴렸다.

"그건 상상화 아니야?"

민영의 말이 맞았다. 하지만 예술은 어차피 상상의 결과물 아닌가. 피카소나 고흐가 사람을 똑같이 그려서 유명해지진 않았잖아. 그러나 융통성이란 단어는 민영에게 무용지물이었다. 보기 드물게 심지가 곧은 아이였다.

"아무래도 수행 평가니까."

민영은 착잡한 얼굴이었다. 나는 손톱을 잘근잘근 씹다 아무래도 그렇지, 하고 중얼거렸다.

"그런데 어쩌다 그렇게 됐어?"

민영이 물었고 나는 스트레스, 탈모, 안검염, 속눈썹 연장 시술, 쌍꺼풀 수술 부작용, 영양 부족 등등의 검색 결과를 떠올리다 잘 모르겠다고 대답했다. 그중 어디에 해당하는지 명확하지 않았기 때문이다. 일단 속눈썹 연장 시술과 쌍꺼풀 수술 부작용은 제외다. 영양 부족도 아니다. 그건 확실했다. 하지만 한쪽 속눈썹만 깨끗이 사라진 경우는 인류의 축적된 지식 어디에서도 찾아볼 수 없었다.

"아무튼 좋은 쪽으로 생각해 봐."

민영이 말했다. 마침 수업 시작종이 울려서 민영은 제자리로 돌아갔다.

뭐에 좋은 쪽이란 말인가. 속눈썹이 없어졌는데 좋은 생각까지 하는 건 무리 아니야? 조금 울컥해졌다. 주위가 갑자기 어둑해진 건 내 마음 탓인가 했는데 쿠르릉 낮고 불길한 소리가 멀리서 들려왔다. 나는 고개를 돌려 창밖을 내다봤다. 곧바로 쏟아질 듯한 하늘이지만, 비는 내리지 않았다.

점심시간에는 입맛이 없었다. 이런 상황이고 보면 있던 식욕도 달아나기 마련이리라. 나는 요즘 새로 짝이 된 이솔과 밥을 먹는데 이솔도 내 속눈썹이 사라진 줄 알려나, 알면서도 혹 예의상 모르는 척하는지 궁금했지만 이솔은 휴대폰으로 루나 언니들 유튜브 영상을 보느라 정신없었다. 누가 옆에 앉아 있는지도 잘 모르는 것 같았다. 휴대폰을 들여다보며 흐뭇한 미소를 짓고 있는 이솔을 방해하지 않기 위해 나는 여느 때처럼 조용히 밥과 국, 밥과 버섯탕수, 밥과 감자조림, 밥과 멸치볶음을 먹다 아, 멸치볶음은 싫은데, 눈을 까맣게 뜨고 있어서 조금 수상하달까, 난처하달까, 그래서 멸치볶음은 밥으로 덮어서 한입에 욱여넣었다. 입맛은 없었지만 먹다 보니 또 맛이 나쁘지 않아 식판을 깨끗이 비웠다. 급식실에서 나와 화장실에 들렀다. 큰 기대는 하지 않았지만 여전히 속눈썹은 없었다.

교실로 돌아와 자리에 앉자 민영이 기다렸다는 듯이 내 옆으로 왔다. 보나 마나 초상화 아니면 속눈썹 얘기겠지 했는데 역시나였다. 좋은 쪽으로 방법을 찾아보고 있다고 말하자 민영은 쯧, 혀를 차더니 그럼 차미를 한번 찾아가 보라고 했다.

"차미?"

"응, 2반의 차미."

민영의 말로는 차미가 뭘 잘 찾아 준다고 했다. 얼마 전에 민영의 친구가 잃어버린 것도 금세 찾아 줬단다. 그런데 자기가 말했다는 사실은 꼭 비밀로 해 달라는 게 어째 좀 이상하달까, 수상했지만 나는 알겠다고 약속했다. 빨리 찾았으면 좋겠다고, 적어도 다다음 주 미술 시간 전까지는 찾기 바란다는 말에 나는 고맙다고 했다. 아니, 뭐 그런 걸로, 하고는 자리로 돌아가려는 민영에게 그 친구도 속눈썹을 잃어버렸느냐고 물었다. 민영은 친구가 잃어버린 건 에어팟이었다고 했다.

그래서 나는 차미를 찾아갔다. 차미는 교실에 없었다. 5교시 끝나고 쉬는 시간에 다시 가 봤지만 화장실에라도 갔는지 없었고 다음 쉬는 시간에도 마찬가지였다. 종례를 마치고 부리나케 달려갔지만 차미네 반은 이미 종례가 끝난 뒤였다. 교실에 남아서 떠들고 있던 서너 명 중 하나가 나를 보고 뭐냐고 물어서 차미를 찾는다고 했더니 도서관으로 가 보라고 알려 줬다.

도서관은 텅 비어 고요했다. 사서 선생님도 자리를 비운 채였다. 여기에도 없는 건가. 몇 시간째 차미를 찾아다니는 중인데 차미는 그림자도 보이지 않는다. 속눈썹과 차미, 둘 중 어느 쪽을 먼저 찾을 수 있을까. 아무도 없는 것 같지만 혹시나 해서 두리번거리며 줄지은 책장을 기웃거렸다. 책장과 책장 사이를 향해 작은 목소리로 차미, 하고 불러 보았다. 차미, 차미 부르니 어쩐지 차미와 오래전부터 아는 사이고 꼭 친구 같은 기분이 들었다. 입에도 착 붙는 게 자꾸만 불러 보고 싶었다. 차미, 차미.

그 순간 대답이 들려왔다.

"차미는 왜?"

둥그런 안경을 쓴 얼굴이 책장 사이에서 나를 바라봤다.

당황해서 얼굴이 확 달아올랐다. 내가 차미인데, 하며 다가온 차미는 상상했던 차미와 달랐다. 어떤 차미를 상상했는가 물으면 딱히 답하긴 어렵지만 부르다 보니 차미는 이미 절친이었는데 내 앞의 차미는 '도대체 누군데 날 불러?' 하는 뜨악한 표정의 낯선 아이였다. 더듬더듬 내 소개를 하고 할 얘기가 있다고 간신히 말했다. 차미는 살짝 고개를 갸웃했다.

"할 얘기?"

"그게 있잖아……."

막상 찾아오긴 했지만 어떻게 말문을 열어야 할지 몰랐다. 쉬운 얘기가 아니기도 하고. 뜸 들이는 나를 차미는 침착하게 기다렸다. 그때 저만치 책장 너머에서 우르르, 뭔가 떨어졌다. 거의 동시에 꾸웩, 하는 소리가 나서 나는 흠칫했다. 차미는 놀란 기색도 없이 소리 난 쪽을 힐끗 보더니 말했다.

"저기, 잠시 기다릴 수 있어? 할 일이 있어서."

오래 걸리지는 않는다고 차미가 덧붙였다. 어, 하는 내 대답이 끝나기도 전에 차미는 잽싸게 몸을 돌려 소리 난 쪽으로 종종걸음 했다.

"뭐냐, 오란?"

차미가 외치자 책장 뒤에서 양손 가득 책을 든 애가 나타났다. 앞머리가 더부룩하게 이마를 덮은 짧은 단발, 꼭 헬멧을 뒤집어쓴 것 같다.

"별일 아니야. 언제나처럼 잠깐 탈출 시도가 있었지만."

"괜찮아?"

"어, 머리를 노린 놈이 다행히 가벼워서."

"아니, 너 말고."

차미가 헬멧 머리가 든 책을 눈으로 가리켰다. 헬멧 머리가 야! 하고 외치자 차미가 피식 웃었다.

"거 왜 있잖아. 용써서 산꼭대기에 바위를 올려놓으면 독수리가 나타나 굴려 떨어뜨리고 다시 죽어라 올려놓으면 또 독수리가 굴려 떨어뜨리는 이야기 말이야."

"독수리? 아, 시시포스?"

"맞아, 시시포스. 이건 뭐 시시포스의 돌덩이야, 뭐야. 왜 끝이 없냐. 내가 도대체 뭔 죄를 지어서."

투덜거리는 헬멧 머리의 손에서 차미가 책을 덜어 들었다.

"혹시 자업자득이란 말 아냐?"

"아, 내가 다시 도서부 들면 오란이 아니고 차미다."

"왜 그렇게 업그레이드되는 건데?"

투덕거리며 두 사람은 책장 뒤로 사라졌다.

아, 도서부였구나. 책을 좋아하거나 수행 평가 점수를 챙기려거나 장차 사서가 되고 싶은 애들이 지원하는 부서. 우리 반에도 도서부원이 있던가, 떠올려 봤지만 생각나지 않았다. 오래 걸리지 않으리라는 말과 달리 책장 너머로 사라진 차미는 한참 지나도 나타나지 않았다. 그냥 기다리기 뭐해서 나는 신간 코너에 진열된 책을 한 권 골라 구석 자리에 앉았다.

문득 뭔가 이상하다는 생각이 들었다. 그러다 깨달았다. 독수리가 등장하는 건, 정확히 기억나지는 않지만 시시포스 신화와 전혀 다른 이야기다. 독수리는 바위를 떨어뜨리는 게 아니라 간을 파먹는다. 새살이 돋으면 독수리가 또 와서 파먹고, 아무튼 그런 이야기다. 뒤죽박죽으로 말하는 애도 그렇고, 그걸 시시포스라고 맞장구치는 애도 신기했다. 책은 눈에 하나도 안 들어오고 나는 내내 주먹을 꽉 쥐고 입술을 꼭 깨물고 있어야 했다. 책장 너머로 들리는 얘기에 몇 번이나 웃음이 터져 나올 뻔했기 때문이다. 두 사람의 대화 내용은 얼마 전 기술·가정 시간에 내가 손바느질로 만든 파우치 같았다. 빈틈없이 엉성했다. 혹시나 했던 기대는 점점 사라졌다. 속눈썹 이야기는 하지 않는 편이 나을 것 같다.

둘의 목소리는 멀어져 무슨 이야기를 하는지 알 수 없었지만 책장 사이로 소곤거리는 말소리와 간간이 웃음소리가 들렸다. 두 사람이 사라진 책장 너머를 바라보다 천천히 도서관을 둘러봤다. 도서관은 매우 넓고 잘 정리되어 있다. 내가 다니던 중학교 도서관은 작고, 후미진 곳에 있어 잘 가게 되지 않았다. 여긴 책도 많아서 수천 권, 어쩌면 만 권도 넘을 듯싶다. 1학기 초에 도서관 이용법 배우는 시간에 처음 와 본 뒤로 서너 번 들르고는 그만이었다. 학원 과제를 비롯해 이래저래 바빴고 어째 좀 도서관이 서먹했다. 올 때마다 많지는 않지만 아이들이 항상 있었는데 그 애들은 달걀판 속의 달걀처럼 와글와글 사이좋아 보였고 나는 오리 알이라든가 메추리 알이 된 기분이었다.

오늘은 유독 조용하다. 환하게 불을 켜 두었지만 어쩐지 어슴푸레하다. 공기는 차분하여 짙은 나무 책장 너머로 오래된 기억이 떠오를 것 같다. 무덥고 밝은 여름날이다. 서늘한 마루에서 잠들었다 깨니 집 안은 푸르스름하게 물들어 있고 나는 혼자였다. 밖에서 아이들이 뛰노는 소리와 소음이 들려오고 나는 어딘가 멀리, 몹시 아름다운 곳에 다녀온 듯하지만 기억나지 않아 왈칵 서러웠다. 그런 일이 있었나. 어렴풋한 기억인지 꿈인지, 아니면 영화나 소설책에서 본 장면일지도 모른다. 그럴 것이다. 날씨 때문일까. 창밖을 바라보자 이미 어둑해져 있었다. 여전히 낮에는 후텁지근하지만 확실히 해가 짧아졌다.

고개를 돌려 보니 두 사람은 저만치 책이 쌓인 커다란 탁자 앞에 앉아 있었다. 둘이서 한 권 한 권 책을 훑어본 뒤, 띠지를 조심스레 벗기고 한쪽에 모았다. 표지에 커버가 따로 있는 책은 커버를 벗겨 가위로 잘라 책 안쪽에 풀로 붙였다. 그러고는 책 앞면과 책등에 스티커를 붙이고 스탬프를 찍었다. 말없이 신중한 표정에 자연스럽고 익숙한 동작이었다. 아까와는 사뭇 달라 보였다.

"애 취미 활동이야. 신간 정리."

불쑥 헬멧 머리가 내게 말했다. 아까 차미가 '오란'이라고 불렀으니 오란. 내가 너무 티 나게 바라봤던 모양이다.

"다른 사람은 손도 못 대게 해. 신간 집착 대마왕이야, 뭐야."

오란의 말에 차미의 얼굴이 살짝 붉어졌다. 사실인가 보다.

"난 엉망인 게 싫을 뿐이야. 있어야 할 자리에 제대로 있는 걸 보는 게 좋아."

차미가 말했고 오란이 슬쩍 웃었다.

그 순간 나는 얘기해야겠다고 마음먹었다. 물론 속눈썹에 관한 이야기고, 어쩌면 속눈썹 아닌 이야기도 하게 될는지 모르겠다.

도서관에서 사람이 사라지는 걸 본 적 있다. 책장 뒤로 사라졌다. 아니, 책장 속으로 사라졌다고 해야 하나. 감쪽같이,라는 단어를 그때 내가 알았을까. 내 나이 열 살 때 일이다.

일단 되게 놀랐다. '봤어요?' 하는 표정으로 둘러보았지만 봤다고 맞장구쳐 줄 사람은 없었다. 다른 애들은 멀찍이 애벌레 모양 소파 위에 누워 마른 날 지상으로 올라온 지렁이처럼 온몸을 뒤틀고 있고, 사서 선생님들은 지렁이들을 감시하느라 바빴다. 내가 있던 곳은 구석 자리 책장과 책장 사이로, 주위에 그 애와 나 말고는 아무도 없었다. 이제 그 애마저 사라졌다. 그 애가 사라진 책장 앞에 나는 한참 앉아 있었지만 더는 아무 일도 일어나지 않았다.

그 무렵 나는 거의 매일 도서관에 들렀다. 우리 집과 학교 사이에는 작은 공원이 있었고 공원을 가로지르는 길이 학교 가는 지름길이었다. 공원 한편에 도서관이 있었다. 보라색과 분홍색으로 칠해진 도서관 건물은 블루베리와 체리 아이스크림을 섞어 놓은 것 같았다. 멀리서도 눈을 끌 만큼 독특했지만 어째서인지 등교할 때는 전혀 눈에 띄지 않다 집에 돌아갈 때에야 보였다. 수업 끝나면 놀자고 나타나는 옆 반 친구처럼. 하지만 내게 그런 친구는 없었다. 도서관이 좋거나, 책이 좋았던 건 아니다. 피아노 학원보다는 나았다. 수업을 마치고 피아노 학원 가기 전까지 도서관에서 시간을 보냈다. 그림이 많은 책은 반쯤, 그림이 없는 책은 다섯 장 정도 읽을 수 있었다. 책을 빌릴 수 있다고는 아무도 말해 주지 않았다.

그 도서관은 내부도 독특했다. 공간의 절반은 놀이터처럼 꾸며져 있었다. 도서관이란 모두 그렇게 생긴 줄 알았다. 알록달록하고 조금 우스꽝스러운 모습. 벽을 따라 파스텔색 계단이 길게 이어지고 계단 꼭대기에는 새 둥지 같은 작은 오두막 집이 있었다. 두어 명이 들어가면 꽉 차는 오두막은 애들에게 인기여서 서로 차지하겠다고 싸움이 나기 일쑤였다. 계단 아래로는 푹신한 바닥에 애벌레처럼 생긴 커다란 소파가 여기저기 놓여 있었다. 애벌레 소파는 앉으면 몸이 푹 빠지고 어쩐지 숨이 막히는 기분이 들었다. 놀이터처럼 꾸며진 곳에는 애들이 많고 시끄러워 나는 얼씬도 하지 않았다.

나는 늘 구석 책장과 책장 사이, 바닥에 앉아 책을 읽었다. 다리를 쭉 뻗기에는 충분하지 않아 무릎을 세우고 책장에 기대어 앉았다. 책장과 책장 사이는 좁고 아늑하여 다른 장소로 나를 데려가는 것 같았다. 예를 들면 높은 종탑의 꼭대기 방이나 천장이 낮고 어둑한 다락방, 혹은 땅속 구불구불한 복도로 이어진 집. 이글이글 불을 피운 난로 위에 팬케이크를 굽는 두더지 아주머니가 사는 집이 그려진 책을 좋아해서 읽고 또 읽었다. 그날도 늘 앉던 데에서 책을 읽다 고개를 드니 그 애가 보였다. 대각선으로 맞은편 책장이었다. 그 애도 나처럼 바닥에 주저앉아 책장에 등을 기댄 채 책을 읽고 있었다.

내 또래였다. 같은 학교 앤가 싶었지만 학교에서 본 기억은 없었다. 처음 보는 애인데도 이상하게 낯설지 않았다. 자꾸 그 애에게 눈이 갔다. 내 자리를 침범당한 기분도 들었지만 한편으로는 반가운 마음이 들기도 했다. 그 애의 노란 머리띠는 자세히 보니 동그란 웃는 얼굴이 그려져 있었다. 시선을 눈치챘는지 고개를 든 그 애와 눈이 마주쳤다. 그 순간 그 애가 싱긋 웃었고 나는 왠지 속이 조금 울렁거렸다. 놀이공원 롤러코스터가 서서히 꼭대기로 향할 때, 혹은 높은 산 위로 오르는 케이블카에 타려고 발을 내디딜 때의 기분이었다.

그 애는 일어나서 천천히 걸어 벽 쪽 책장 앞에 섰다. 그리고 뒤돌아 나를 잠시 바라본 후 그대로 책장 속으로 사라졌다. 나는 멍하니 그 애가 사라진 책장을 바라봤다. 무슨 일인지 이해하지 못했고 어째서인지 꼼짝할 수 없었다. 한참 뒤에 엉금엉금 기어 그 애가 사라진 책장 앞으로 갔다. 책장을 자세히 살펴봤다. 그저 평범한 책장일 뿐이었다. 책장 뒤는 벽, 단지 벽이었다.

도서관에서 어떤 애가 사라졌어. 노란 머리띠를 한 애야. 나는 퇴근해서 돌아온 엄마에게 말했다. 그래? 엄마가 답했다. '진짜?'였는지도 모르겠다. '그래?'와 '진짜?'는 엄마가 내 말을 건성으로 듣고 있다는 뜻이었다. 근데 너 피아노 학원에 왜 안 갔어? 엄마가 물었다. 나는 더 이상 말하고 싶지 않았다.

나는 기억력이 그다지 좋은 편은 아니고 더구나 어린 시절이라면 기억하는 것이 별로 없다. 그런데도 그 일만큼은 똑똑히 기억한다. 몇 번이고 그 일을 생각하고 생각했기 때문이다. 그날 이후로도 거의 매일 도서관에 갔다. 책은 읽지 않고 그 애가 사라진 책장만 바라보았다. 혹시나 해서 책 놀이터에 있는 애들을 하나하나 유심히 살폈다. 학교에서도 화장실이나 복도를 지나며, 점심시간에 급식실을 둘러보며 그 애를 찾았다. 결국 다시 만나지 못했다. 얼마 뒤에 이사하고 전학하며 그 도서관은 가지 않게 되었다.

　가끔 잘못 본 걸까 생각한다. 혹 꿈을 꿨나 싶기도 하다. 하지만 나는 알고 있다. 분명 실제 일어난 일이라는 걸. 그날 일에 관해 엄마 말고는 아무에게도 말하지 않았다. 엄마는 내 얘기를 제대로 듣지 않았으므로 안 한 거나 마찬가지다. 나는 땅속 두더지 아주머니의 집이나 다락방 요정 같은 건 책에나 나오는 이야기이며, 이야기는 지어낸 것, 그러니까 거짓임을 알았지만 한편으로 그런 것들이 실재한다고 믿는 마음이 조금 있었다. 아니, 나는 정말로 믿고 있었다. 책장과 책장 사이, 그 어둑하고 좁은 장소에 존재하는 것들을 믿지 않을 수 없었다. 두더지 아주머니의 집과 다락방 요정이 없는 세상은 생각하고 싶지도, 살고 싶지도 않았다. 그러나 어른들이 산타클로스의 존재를 물으면 알쏭달쏭한 미소로 무사히 테스트를 통과할 때와 마찬가지로, 없는 것을 있다고, 혹은 있는 것을 없다고 믿는 척해야 어른들을 안심시킬 수 있음을 알고 있었다. 그러므로 도서관에서 사라진 아이에 대해서 이야기할 수 없다는 것 역시 알았다.

　내 마음속 오목한 어딘가, 어쩌면 짙은 나무색 책장이 있어, 누구에게도 말하지 못한 것들은 그곳 맨 위 칸에 꽂혀 있다. 여간해서는 꺼내 보지 않아 그러다 보면 어느새 없는 일처럼 되어 버리기도 했다. 그런데도 아주 드물게 문득 떠올라 누군가에게 견딜 수 없이 말하고 싶은 날이 찾아오는 것이다.

하지만 이 이야기를 차미와 오란에게 한 건 한참 뒤의 일이다.

"어디서 들었는지 몰라도 상당히 잘못된 정보인데."

내 얘기를 다 듣고 난 차미가 말했다.

"찾은 게 아니라 주웠을 뿐이야."

에어팟 얘기였다.

"병원에 가 보는 게 낫지 않을까?"

내 속눈썹 얘기였다.

옆에서 듣고 있던 오란이 무심한 얼굴로 끼어들었다.

"병원이면 안과인가?"

"일단은 그렇지 않을까."

"우리 이모 말로는 병원은 여러 군데 가보는 게 좋다더라. 큰 병원도 가 보고. 탄이 아팠을 때도 처음 갔던 병원에서 오진해서 큰일 날 뻔했거든."

"탄이?"

"응, 이모네 첫째."

"아아, 탄이 요즘은 밥 잘 먹어?"

"어. 엄청 큰 똥을 싼다. 이모가 사진 보냈는데 보여 줄까?"

두 사람이 머리를 맞대고 대박! 대박이지? 하며 엄청난 똥 사진을 보는 동안 나는 잠자코 기다렸다. 이모의 아이면 조카인가, 친구 조카 이름까지 알고 안부를 묻는 교우 관계를 나는 상상하기 어려웠다. 일단 내게는 이모가 없다.

"그러고 보니."

오란이 갑자기 내 얼굴을 빤히 바라봤다.

"좀 닮았다."

맞지? 오란이 차미에게 확인하듯 눈짓으로 물었고 차미는 내 눈치를 살짝 살피더니 고개를 저었다. 그러자 오란이 내게 휴대폰을 내밀었다.

"한번 봐 봐. 거 뭐냐, 꼭 닮은 건 아니지만 전체적인 느낌이랄까, 분위기가 닮았어."

"하지 마, 오란. 그거 진짜 실례야. 사과해."

옥신각신하는 두 사람을 지켜보다 나는 사진을 보여 달라고 했다. 어쩐지 신난 표정으로 오란이 내게 휴대폰을 내밀었다. 나는 마음을 다잡으며 눈앞에 다가온 화면과 마주했다. 어차피 나와 닮은 엄청난 똥일 뿐이다. 사진을 들여다보다 나도 모르게 말해 버렸다. 대박.

고양이였다. 전체적으로 하얀 털에 커다란 붓으로 먹을 찍은 듯한 검은 무늬가 등 한가운데 있다. 자세히 보자 한쪽 눈가를 따라 얇게 검은 털이 나서 마치 아이라인을 그린 듯했다. 털이 북실북실하고 눈은 호박색이고 시옷 모양의 연한 핑크색 입 사이로 쌀알만 한 이빨이 살짝 보였다. 목소리도 엄청 귀여울 것 같았다. 그런데 어디가 나와 닮았다는 거지? 이런 과한 칭찬은 처음이라 나는 당황하면서도 오란이란 애는 저래 봬도 실은 천사 같은 마음의 소유자이거나 눈이 무척 나쁜 게 아닐까 싶었다.

"엄청 귀엽다."

"그렇다니까."

오란은 뚱한 표정으로 말했지만 콧구멍이 벌렁거리고 눈이 이상스레 반짝였다. 똥 사진도 볼 테야? 오란이 물었다. 목소리와 표정은 평온하지만 거절할 수 없는 힘 같은 것이 느껴져서 나는 고개를 끄덕일 수밖에 없었다. 모래가 묻은 길쭉한 덩어리가 두 개였다. 고양이 똥은 처음이라 가늠하기 어려웠다. 이 정도 형태와 굵기, 점성이면 맛동산 대회에 출품해도 될 정도라고, 아, 맛동산이란 고양이 똥을 가리키는 말이라고 오란이 몹시 진지하게 설명해 줘서 나는 조금은 어리둥절하고 이상하게 감동해서 말했다. 엄청나다. 오란의 콧구멍이 확장되더니 잠시 뒤 입꼬리가 씰룩 움직였다. 거봐, 하듯 의기양양한 얼굴이었다. 차미는 내게 겸연쩍게 웃어 보였다.

"병원에 가 봐야겠지만 혹시 도움이 될지도 모르니 눈 건강에 관한 책 읽어 볼래?"

차미가 물었다.

"건강이라면 500번 책장."

오란의 말이 끝나기도 전에 차미가 벌써 도서관 안쪽으로 달려갔다. 그 뒤를 따라 오란도 책장 너머로 사라졌다. 잠시 뒤 두 사람이 돌아왔다. 차미의 손에 책이 두 권 들려 있었다.

"이게 다야. 우리 도서관에는 건강 관련 책은 별로 없어서."

차미가 내게 책을 건넸다.

"달마중 도서관에는 좀 있을 텐데. 혹시 필요하면 찾아봐 줄까? 우린 달마중에도 가끔 가거든."

달마중 도서관은 근처에 있는 시립 도서관인데 나는 가 본 적 없었다. 차미가 준 책을 넘겨 보았다. 속눈썹과는, 더구나 사라진 한쪽 속눈썹과는 전혀 상관없을 듯한 책이었다. 그런데 읽어 보고 싶었다. 읽지 않더라도 빌리고 싶었다. 책을 빌리면 두 사람이 대출 목록에 내 이름을 기록하고 반납 일자를 적은 쪽지를 책 사이에 꽂아 내게 책을 건네며 반납일은 2주 뒤야, 말하고 나는 적어도 2주 안에 책을 돌려주러 와야 하지만 그렇게 오래 걸리지 않으리라는 예감이 들었다.

"고마워."

나는 말했다.

"별로 도움이 된 것 같지는 않은데. 혹시 도울 일 있으면 도와줄게."

차미가 둥그런 안경을 살짝 밀어 올렸다.

"혹시 속눈썹 주우면 잘 보관해 둘 테니 염려 마."

오란이 덧붙이고는 후 바람을 불자 헬멧 같은 앞머리가 날려 하얀 이마가 언뜻 드러났다.

"도서관으로 오면 되지?"

차미와 오란은 당연하지,라는 표정으로 씩 웃었다.

나는 미술 시간처럼 턱을 살짝 올리고 입은 꼭 다문 채, 두 사람 뒤쪽으로 멀리 시선을 두었다. 그곳에는 어쩐지 뭉게뭉게 하얀 구름이 피어올라, 그럴 리 없다고 생각하면서도 가늘게 눈을 뜨고 바라보았다. 귓가에 쏴아아 바람 부는 소리가 들리는 것도 같았다. 무언가 떠오를 듯하고 그게 뭔지는 모르지만 아마도 오랫동안 어둑하고 오목한 곳에 있었을 것이다. 그때 도서관 문이 열렸다.

"너희 아직도 안 갔니? 학원 안 가?"

열린 문으로 사서 선생님이 들어왔다.

떠올랐다. 학원. 완전히 잊고 있었다. 차미와 오란도 허둥지둥 가방을 챙기고 선생님에게 인사를 했다.

"비 오는데 우산 있어?"

선생님이 물었다. 차미와 오란이 고개를 저었다. 나는 창밖을 내다보았다. 완전히 깜깜해서 아무것도 보이지 않았다. 많이 오느냐는 차미의 물음에 선생님이 제법 온다고 답하자 오란이 절망스러운 표정을 지었다. 여기 있을 텐데. 선생님이 중얼거리며 책상 아래로 고개를 수그리고 뭔가 찾다가 몸을 일으켰다.

"늘 굴러다녔는데 하나밖에 없네."

선생님이 검은 장우산을 내밀었다. 그러고는 가방에서 작은 접이식 우산을 꺼내 이것도 가져가라고 했다.

"아니에요. 선생님 비 맞잖아요. 저희는 우산 하나면 충분해요."

차미가 손사래 쳤다. 안 충분할 것 같은데,라는 선생님의 말을 못 들은 척하고 차미와 오란은 큰 소리로 안녕히 계세요, 외치고 우다다 뛰쳐나갔다. 차미에게 손목이 잡힌 채로 나도 두 사람과 함께 복도를 달렸다.

어둠 속에 비가 쏟아지고 있었다. 과연 거센 비였다. 차미가 우산을 펴 들었다. 어, 우산 안쪽에 무늬가 있었네. 오란이 고개를 들고 중얼거렸다.

"야, 딱 붙어."

차미가 내 어깨를 끌어당겼다.

"간다."

차미의 말에 우리 셋은 빗속으로 걸어 나갔다.

오란, 밀지 마. 나 안 밀었다. 지금 밀잖아. 그거 네 착각이야. 착각 아니고 우리 지금 옆으로 걷고 있거든. 차미와 오란은 계속 아옹다옹했다.

우산 아래서 밀착한 채로, 우리는 이인삼각을 하는 것처럼 뒤뚱거리며, 그러다 발이 엉키기도 하여 웃으며 빗속을 걸었다.

"녹주야, 딱 붙으라니까. 비 다 맞잖아."

"우산 녹주 줘. 속눈썹도 없는데 눈에 물 들어간다."

"야, 너 그거 실례야. 녹주한테 사과해."

"사과한다. 그러니까 딱 붙어."

차미를 가운데 두고 서로 부둥켜안은 모양새로 엉거주춤, 서툰 춤을 추듯 걸으며 나는 우산 속에서 가만히 웃었다. 차미와 오란이 녹주, 녹주, 하고 불러 주는 게 어쩐지 좋아 자꾸 우산 밖으로 나가서 또 녹주야, 딱 붙어, 너 두꺼비야, 뭐야, 비가 그렇게 좋냐? 다 젖는다, 녹주야, 하는 소리를 자꾸자꾸 들으며 그러다 보니 나는 차미와 오란과 오래전에 만난 적 있고 그때 우리는 도서관 오두막집 안에서 무릎을 맞대고 책을 읽거나 소곤소곤 이야기하다 잠이 들고, 잠든 우리를 발견하지 못하고 모두 떠난 도서관을 밤새 뛰어다니며 놀았던 친구가 아니었나 싶다가 그런 일은 결코 일어나지 않았지만, 그러한 일이 일어났을 수도, 책장 너머의 세상에서 우리는 만났을 수도 있다고 생각해 보았다. 우산은 내 쪽으로 상당히 기울어 우산을 든 차미의 가방은 흠뻑 젖고 오란의 앞머리가 축축해져 이마에 착 달라붙었다. 나는 어째 콧물이 나올 것 같아 고개를 젖혔고 눈길이 닿은 우산 안쪽에는 푸른 하늘과 뭉게구름이 그려져 있었다.

바람이 쏴아아 불어 빗방울이 우산 속으로 들이쳐 팔과 얼굴을 적셨다. 차갑지 않고 시원했다. 우리 세 사람은 발을 맞춰 빗속을 걸었다. 그것은 어떤가 하면 느슨한 걸음이었다. 우산은 하나로 충분했다.

이틀 뒤 수업이 끝나고 도서관에 갔다. 사서 선생님이 반갑게 맞아 주며 내가 반납한 책을 보더니 이런 책도 있었구나, 하고 중얼거렸다. 도서부인 듯한 애들이 대여섯 명 모여 앉아 있는데 차미와 오란도 보였다. 차미가 나를 보고 슬쩍 웃어 주었고 오란은 뚱한 표정으로 코를 벌름거렸다. 반가운 것 같았다.

나는 신간 도서 책장에서 책을 한 권 꺼내 애들과 떨어져 앉았다. 다가오는 가을 축제에서 할 도서부 행사에 대해 의논하는 중인 모양이었다. 부지런히 도토리를 모으는 가을 산의 다람쥐처럼 애들은 열심히 얘기하고 자주 웃었고 나는 책이 눈에 잘 들어오지 않았다. 시끌벅적하게 인사를 나눈 뒤 아이들이 도서관을 떠나자 차미와 오란이 내 곁으로 왔다. 차미가 책은 어땠는지 물었다. 내가 대답하기도 전에 그럼 토요일 오후에 달마중 도서관에 가 보겠느냐고 차미가 말해서 나는 그러겠다고 했다.

도서관은 우리 집에서 버스로 한 정거장 거리였지만 내려서 한참 걸어야 했다. 비탈길을 한동안 걷다 조금 숨이 찰 무렵에 저만치 도서관이 보였다. 현관에 서 있던 차미와 오란이 나를 보고 손을 흔들었다.

함께 자료실로 들어가자마자 오란은 목표를 발견한 사냥개처럼 민첩하게 책장 사이로 사라졌다. 차미가 함께 건강 관련 책을 살펴봐 주었다. 자료실 컴퓨터에 '속눈썹'이라고 검색해서 나온 책 중에 미용과 관련된 책을 제외하니 동화책이 한권 있었다. 차미의 얼굴이 어두워졌다. 그럴 필요가 전혀 없는데도 미안해했다. 차미는 뼛속까지, 혈관 속에 흐르는 혈소판까지 도서부인 것 같다. 뭐라도 대출해야 할 것 같아 동화책을 집어 들었다. 차미는 그제야 한숨 돌린 얼굴이 되었다. 대출증을 발급받고 책을 빌린 뒤 오란을 찾아다녔다. 오란은 구석에 놓인 의자에 앉아 한쪽 손에 턱을 괴고 책에 열중해 있었다. 차미가 조용히 다가가 어깨를 두드렸다. 퍼뜩 놀라 잠에서 깬 오란이 배시시 웃었다.

도서관을 나와서 차미와 오란을 따라 건물 뒤쪽으로 갔다. 건물을 돌자마자 숲이었다. 커다란 침엽수와 은행나무가 무성한 가지를 드리우고 그 아래로 이따금 벤치가 놓여 있었다. 우리 말고는 아무도 없었다. 나무 뒤로는 그대로 산으로 이어져 짙은 녹색이었다.

우리는 벤치에 앉아 자판기에서 뽑은 음료수를 마셨다. 차미는 복숭아 아이스티, 오란은 초콜릿 라테, 나는 오렌지 소다. 공기 중에 오렌지 소다 같은 색이 아주 얇게 스며들기 시작했다.

"이런 데 도서관이 있을 줄 몰랐어. 올라오는데 다리가 막 당기더라."

"책과 멀어지게 만드는 좋은 방법이지."

오란이 말했다.

"그래도 좋은 것 같은데. 운동도 되고, 공기도 좋고, 나무도 많고."

내 말에 오란이 나를 뚫어지게 바라보다 딱따구리야, 뭐야, 라고 해 웃다가 오렌지 소다를 코로 뿜을 뻔했다.

"하지만 더는 못 오게 될 날이 올 거야. 나이 들어 힘이 없어지거나 혹 다리를 다치면. 여긴 휠체어로는 오기 어려울 테니까. 아이들도 걸어서 오기 힘들 거야."

차미의 말을 듣고 보니 이 도서관은 아동실을 별도로 두지 않고 일반 자료실 한쪽에 벽을 세워 구분해 두었다. 파스텔색 계단이나 오두막집, 애벌레 소파도 없었다. 두더지 아주머니가 난로 위에 포근포근 팬케이크를 굽는 그림책은 있을까.

"옛날에 아기 죽으면 이 산에 묻어서 아기 귀신이 많이 나온다더라."

오란이 뜬금없는 얘기를 꺼냈다.

"진짜?"

"거짓말이야."

차미의 말에 오란이 흐흐, 웃었다.

"봄 되면 온 산이 붉은 철쭉꽃으로 뒤덮여. 철쭉이 사람 키보다 더 크다."

차미가 그건 진짜라고 했다. 사람들이 구경하러 엄청 온단다.

"여기 철쭉이 유독 붉어. 왜 그렇겠냐. 흙의 영양분이 좋아서겠지. 아래 시체가 있으니까. 한둘이 아니라 잔뜩."

"야, 말이 되냐."

두 사람이 아웅다웅하는 소리를 들으며 나는 사람 키보다 큰 철쭉을 상상해 보았다. 아무래도 직접 보지 않고는 모르겠는 풍경이다. 철쭉이면 봄이겠지. 내년 봄에도 이렇게 셋이 앉아 있을까. 함께 철쭉꽃을 볼 수 있을까. 내가 속눈썹을 찾고 나면 이렇게 만나는 건 끝일까.

오란이 가방에서 뭔가 주섬주섬 꺼내 나눠 주었다. 동그랗고 약간 탄 듯 거무스름한 겉면에 깨가 박힌 빵이었다. 또 단팥빵이냐, 이 단팥빵 귀신아. 차미가 타박하며 봉지를 뜯었다. 먹어, 먹어, 하며 오란이 내게도 권해 한 입 베어 무니 팥 앙금이 뭉클 씹혔다. 단팥빵을 먹고 오렌지 소다를 조금씩 마셨다. 단팥빵도 오렌지 소다도 오랜만이었다. 나무 아래서 먹고 마시니 조금 소풍 온 것 같은 기분이고 단팥빵은 무척 달았다.

잠시 뒤 고양이가 한 마리 나타났다. 오란이 또 가방을 뒤지며 부스럭대자 고양이는 호기심 가득한 얼굴로 조심스럽게 다가왔다. 전체적으로 회색에 검은 줄무늬가 있는 고양이인데 앞발을 살짝 절었다. 고양이는 오란이 던져 준 닭 가슴살을 물고 총총 사라졌다. 또 고양이가 왔다. 다른 아이였다. 갈색과 흰색, 검은색이 뒤섞였고 몸집이 작았다. 닭 가슴살을 물자마자 고양이는 잽싸게 달아났다.

"잘하고 있어. 사람한테 다가오지 마라."

오란이 달려가는 고양이에게 말했다.

잠시 뒤 검은 공이 굴러오나 싶었는데 작고 몽실몽실한 고양이 세 마리가 쪼르르 다가왔다. 쟤네들은 형제야. 엄마는 차에 치여 죽었어. 오란이 조그맣게 속삭였다.

갔던 고양이가 다시 오기도 하고 나중에는 담대해져서 대여섯 마리가 함께 몰려왔다. 고양이들에게 둘러싸인 오란은 고양이의 왕처럼 보이기도 했다. 너도 해 볼래? 오란의 물음에 내가 오란에게 얻은 닭고기를 던져 주자 어린 고양이가 물고 신나게 뛰어갔다. 고양이에게 닭고기를 줘 보긴 처음이라 이상하면서도 어딘가 몽글몽글한 기분이 들었다. 고양이는 더 이상 오지 않고 우리는 조금 더 앉아 있었다.

도서관에서 사라진 아이 이야기를 한 건 바로 그 침엽수 아래 벤치에서였다. 더할 나위 없는 장소였다. 하지만 그 이야기를 꺼낸 건 노란 은행나무 잎이 바닥에 수북이 쌓이고 침엽수의 녹색이 더 진해졌을 때였다. 공기가 싸늘하고 우리는 벤치 위에 나란히 몸을 붙이고 앉아 고양이를 기다리고 있었다. 그 이야기를 하기에 적당한 때인지 모르지만 어쩐지 하고 싶었다.

내가 이야기를 마치자 두 사람은 다가오는 고양이를 기다리는 눈으로 조용히 먼 곳을 바라보았다. 어쩌면 깊은 곳을 바라보았는지도 모르겠다.

"오늘은 안 오네."

차미가 말문을 열었다.

"어디 맛집이라도 생긴 거야, 뭐야."

오란의 얼굴이 시무룩했다.

"그건 그렇고 무슨 책이었어?"

오란이 내게 물었다.

"응?"

"그 애가 읽던 책 말이야."

"그, 그건…… 잘 못 봤는데."

두 사람은 실망한 기색이 역력했다. 나는 잘못이라도 저지른 기분이었다. 곰곰이 기억해 봤다. 수없이 떠올렸던 그 장면을. 대각선으로 맞은편에 앉은 아이가 무릎 위에 얹고 있는 책. 펼쳐진 각도로 보나, 크기로 보나 아무래도 그림책이었나? 아니, 지금 그게 중요한 게 아니라.

"사라진 건?"

"사라진 게 뭐?"

차미가 느긋이 되물었다.

"그러니까 너희는 그 애가 사라졌다는 걸 믿어?"

"그걸 왜 안 믿어?"

"믿고 말고 할 게 뭐 있어. 네가 봤잖아."

차미와 오란이 별소리를 다 듣겠다는 표정으로 대답했다. 그때 고양이가 와서 나아, 하고 울었다.

어서 속눈썹을 찾길 바란다는 민영의 바람은 이뤄지지 않았다. 초상화를 제출할 때까지 내 오른쪽 속눈썹은 여전히 사라진 채였다. 민영은 한숨 쉬는 빈도가 점점 잦아졌지만 어쨌든 초상화는 완성했다. 지브리 애니메이션 엔딩 장면의 주인공과는 상당히 다른 모습이었고 처음 포즈와도 다소 달라졌다. 민영은 살짝 고개 돌린 내 옆모습을 그렸고 한쪽 눈은 그림자로 표현했다. 내가 이렇게 생겼나 갸웃하게 되는 초상화였지만 느낌은 나쁘지 않았다. 아니, 마음에 들었다. 전혀 내가 아닌 모습이라 좋았다. 내가 그린 초상화를 날카로운 눈으로 감상하던 민영은 말했다. 넌, 좀 피카소 풍이구나. 민영의 수행 평가 점수는 알 수 없었지만 완전히 망하지는 않은 모양이었다. 이따금 민영과 눈이 마주치면 피하거나 무시하지 않고 애매하게 웃었고 나도 입은 다문 채 입꼬리를 살짝 올려 보였다. 내 수행 평가 점수는 신통치 않았지만 크게 마음에 두지 않았다. 덕분에 나는 얻은 게 좀 있었으니까.

그 뒤로 차미와 오란과 자주 만났다. 같은 학교에 다니니 당연했다. 복도와 화장실과 매점, 음악실 앞과 운동장. 전에도 스쳐 지난 적 있을 것이다. 그때도 차미와 오란은 차미와 오란이었지만 내가 모르는 차미와 오란이었다. 나는 복도를 지나 화장실에 갈 때마다 두리번거렸고 차미와 오란의 교실 앞을 지날 때면 자연스레 열린 문 사이로 눈길이 갔다. 급식실에서 줄서 있는 내게 차미가 많이 먹어, 하고 살짝 웃어 주었다. 고등어 좋아하니? 오란이 물어봐서 랍스터가 더 좋다고 대답했더니 오란은 야만인, 하고 내가 어째서,라고 항의하기도 전에 잽싸게 내빼 버렸다. 복도에서 마주친 오란이 느닷없이 내 손에 쥐어 준 것은 앙증맞은 곰 모양의 벌꿀색 젤리였다. 눈에 좋대. 은밀히 귓가에 속삭이고 오란은 비밀 첩보원처럼 사라졌다. 눈 건강과 속눈썹은 그다지 상관이 없을 성싶지만 아예 상관이 없지는 않겠지 하며 곰 젤리를 먹었다. 벌꿀 맛은 아니고 처음 먹어 보는 야릇한 맛이 났다. 고등어 맛 같았다.

가장 자주 만나는 곳은 도서관이었다. 약속할 필요도 없었다. 수업이 끝난 뒤 도서관에 가면 둘은 어김없이 그곳에 있었다. 차미와 오란이 책을 정리하고 행사 포스터를 그리는 동안 나는 구석 자리에서 책을 읽었다. 문득 고개를 들면 두 사람은 책장 사이에 앉아 조용히 페이지를 넘기고 있었다. 오후의 마지막 햇살이 깊숙이 스며든 책장과 책장 사이에는 노랗고 투명한 빛이 고여 있었다. 빛이라기보다 잠시 드리웠다 사라지는 희미한 그림자 같았다. 짙은 나무색 책장 너머로 서서히 사그라드는 빛을 나는 한참 바라보았다. 가만히 어깨를 두드리는 기척에 고개를 돌리자 너 잤지? 하고 차미와 오란이 빙글거리며 웃었다.

도서관을 나온 우리는 어두운 길을 걸어 갈림길에서 헤어져 각자 학원으로 갔고 종종 함께 편의점에 들르거나 떡볶이를 먹었다. 학원이 끝나고 돌아가는 길에 차미를 우연히 만나기도 해서 건널목에 서서 이야기를 나누다 오란이 오면 우리 셋은 신호등 불이 바뀌길 기다리며 이야기하고 다음 신호등에 건너자고 반복하다가, 이야기는 신호등 불이 스무 번 넘게 바뀔 때까지 이어졌다. 과제와 시험 걱정과 아파트 화단에 나타난 새끼 고양이 소식과 신상 과자와 라면에 관한 감상 등등, 대부분은 돌아서면 거의 기억나지 않는 이야기였지만 이야기하는 내내 우리는 웃었고 혼자 집으로 가는 길에 떠올리면 어쩐지 조용히 미소 짓게 되었다.

하루는 집에 가는 길에 차미가 불쑥 말했다.

"나도 책장 속으로 사라진 적 있어."

"진짜?"

대답 대신 차미는 묘한 웃음만 지었다. 그러고는 모퉁이를 돌아 사라졌다.

차미가 사라진 그곳에는 가로등이 희미하게 서 있고 희붐한 빛 속으로 차갑고 부드러운 것이 떨어졌다. 빛줄기를 타고 눈송이가 어린 새의 깃털처럼 떠다니다 천천히 낙하해 속눈썹에 내려앉았다. 나는 속눈썹을 찾았고 속눈썹을 찾은 건 어디였을까 기억을 더듬다 속눈썹을 잃어버린 곳을 알지 못하는 것과 마찬가지로 알 수 없을 거라고, 하지만 이제 사라지는 것은 두렵지 않고 조금은 슬프지만 견딜 만하다고 생각했다. 눈이 온다고 차미와 오란에게 말하고 싶어 나는 어둠 속을 뛰었다.

더 이상
도토리는
없다

오늘을 얼마나 기다렸는지 모른다. 나는 지난밤 싸 놓은 짐을 다시 점검했다. 세면도구, 수건, 휴대폰 충전기, 과자 세 봉지, 젤리 세 개, 생수 한 병, 그리고 여름 침낭. 침낭까지 필요하냐고 엄마는 한 소리 했지만 결국은 사 줬다. 엄마 말대로 필요 없을지도 모른다. 잠이 들 것 같지 않다. 베개는 괜찮다. 베고 잘 건 널렸으니까. 다시 생각해도 역시 잠은 안 올 것 같다.

　배낭 지퍼를 닫는데 단톡방에 메시지가 떴다.

—어디야?

차미다.

—집, 이제 나가려고.

—편의점 앞에서 만나자.

—ㅇㅋ

　'모두 읽음'으로 표시됐지만 오란은 대답하지 않았다. 그래

놓고 아, 왜 이렇게 늦어, 거북이야, 뭐야, 하고 편의점 앞에서 기다리고 있다 눈을 부라릴 거다.

"안돼, 안돼. 택도 없어."

내 가방을 검사한 뒤 차미와 오란이 입 모아 외쳤다.

"모자라?"

차미가 내 오른쪽 어깨에 손을 올렸다.

"자신을 과소평가하지 마."

오란이 내 왼쪽 어깨에 손을 올렸다.

"무엇을 상상해도 그 이상으로 먹을 수 있어."

우리에게 먹을 시간은 저 하늘의 별만큼이나 무수히 많다고 오란이 말했다. 그 말을 들으니 가슴이 웅장해지는 기분이 들었다. 오란과 차미는 다 쓸어 담을 기세로 편의점 안을 누볐다. 기세에 휩쓸려 나도 소시지와 버터 오징어 구이, 캬라멜 팝콘, 초코 볼 같은 것을 주섬주섬 바구니에 담았다. 오란과 차미가 흐뭇한 미소를 짓는 걸 보니 제대로 골랐나 보다. 오란과 차미의 말을 듣는 게 좋다. 둘은 경험자니까.

우리는 나란히 학교로 걸었다. 학교 가는 발걸음이 이렇게 경쾌하기는 초등학교 3학년 때 깜빡하고 가방을 집에 두고 등교한 이후로 처음이다. 심장이 두근거리고 아무것도 아닌 말에도 와하하 웃음이 터졌다. 드디어 '책의 밤'이 시작된다.

'책의 밤'은 말 그대로 밤새 책을 읽는, 도서부의 유서 깊은 행사다. 도서부가 주체가 되어 진행하는데, 여기에 독서토론부와 문예부가 합세하고 개인 신청자도 소수 참가한다. 참여 인원은 대략 50명 정도, 장소는 도서관. 1년에 딱 하루 열리는 행사의 날짜는 매년 정해져 있다. 여름 방학 시작하는 날. 올해도 마찬가지다. 작년에도 도서부였던 차미와 오란은 '책의 밤'이 두 번째다. 올해 도서부에 가입한 나는 처음이다.

도서관은 봄날 꿀벌통처럼 웅성웅성했다. 들뜬 분위기가 역력했다. 7시가 되자 선생님들의 지시로 자리에 앉았다. 도서부 담당인 사서 선생님과 독서토론부와 문예부 담당인 국어 선생님 두 분이 행사에 참관한다. 도서부 17명 중 참가자는 13명, 4명은 학원과 개인 사정 등으로 빠졌다. 독서토론부가 19명, 문예부가 10명, 여기에 개인 신청자가 7명, 모두 49명이다. 도서부 주최인데도 독서토론부에 비해 인원수로 열세다. 원래 도서부가 인기 없는 동아리니 할 수 없다. '책의 밤'은 도서부 증원을 목적으로 만든 행사라는 소문도 있었다.

사서 선생님이 이미 공지된 일정을 다시 짚어 줬다. 일단은 밤새 책 읽는 게 주된 내용이지만 그게 다는 아니다. 이런저런 프로그램이 행사가 끝나는 다음 날 아침 8시까지 촘촘하게 짜여 있다. 그 첫 번째 순서는 작가 강연이었다. 7시 반이 되자 어색한 웃음을 띤 작가님이 도서관으로 들어왔다. 만나서 반갑습니다, 하는 인사에 박수 소리가 터졌다.

주로 SF 소설을 쓰는 작가는 독서토론부 쪽에서 강력 추천했다. 고등학생 대상 강연은 처음이라는 작가님은 마치 자신의 소설에 등장하는 외계 종족을 보듯 우리를 시종일관 흥미로운 눈으로 바라보았다. 말이 안 통한다는 점에서는 비슷할지도 모르겠다. 강연 내용은 괜찮았다. 내 인생의 주인공은 나라든지, 청소년은 무엇이든 할 수 있고 뭐든 될 수 있는 가능성이 있으니 마음대로 꿈을 펼쳐 보라는 말 따위를 하지 않은 점이 제일 괜찮았다. 그런 말은 질색이다. 그런 소리를 하는 사람은 청소년기를 거치지 않았거나 청소년기가 너무 괴로워서 스스로 최면을 걸어 망각한 게 아닌가 싶다. 아니면 어른이 되면 지난 시절은 죄다 장밋빛으로 보이는 건가. 슬쩍 고개를 돌려 보자 차미가 동그란 안경 너머 몽롱한 눈으로 배시시 웃었다. 차미 옆에 앉은 오란은 눈도 깜빡이지 않고 뚫어져라 작가 얼굴을 바라보고 있었다. 졸고 있는 게 분명했다. 9시 10분, 박수 소리와 함께 강연이 끝났다.

잠시 쉬는 동안 선생님들이 간식을 나눠 줬다. 빵과 마카롱 하나씩, 오렌지주스 한 팩. 좋아하는 빵을 고르느라 작은 소동이 일었다. 나는 얼떨결에 집은 야채빵을 차미의 소보로빵과 바꿨다. 할머니 입맛 같으니라고, 오란이 말했다. 그렇게 말한 오란의 손에는 단팥빵이 야무지게 쥐어져 있어서 차미와 나는 흐응, 하고 웃었다. 바로 다음 순서가 이어졌다. 행사의 하이라이트, '추적의 밤'이다.

우리 학교 뒤는 나지막한 야산으로 이어진다. 슬렁슬렁 걸어도 10분이면 정상을 정복할 수 있다. 미술 시간에 야외 수업

한다고 올라가 봤기 때문에 확실하다. 정상에서 내려다본 풍광은 시시해서 고흐의 풍경화 같은 그림이 나올 리 만무했지만, 냄새만은 꽤 근사했다. 바람이 쏴아 불자 하얀 꽃이 흔들리며 사방에서 달콤한 내음이 풍겼다. 아카시아 향이었다. 야산치고는 숲이 울창하고 산책로가 잘 정비되어 있다. 그 숲에 오늘 밤 토끼가 숨어 있을 것이다. 전설에 따르면 칠흑 같은 어둠 속, 토끼는 희미하게 발광하고 있다. 우리는 밤을 더듬어 토끼를 추적하게 된다. 추적 시간은 10시부터 단 한 시간. 사서 선생님이 카운트다운을 시작했다. 도서관은 긴장과 설렘으로 터져 나갈 듯하다. 선생님이 외쳤다.

시작! 아이들이 대포알처럼 밖으로 튀어 나갔다. 밤을 향해 모두 달려간다.

10여 분 뒤 우리 셋은 학교에서 좀 떨어진 편의점에 자리를 잡았다. 선생님에게 걸릴 염려가 없을 위치다. 컵라면이 익길 기다리며 데운 만두를 나눠 먹었다. 차미와 오란의 말에 의하면 토끼 사냥은 타이밍이다. 힘 빠지길 기다리는 게 관건이라고 했다. 토끼 힘을 빼는 거냐고 물었더니 오란이 설마,라고 눈을 동그랗게 떴다. 애들이 지치길 기다려야 한단다. 역시 경험자. 다 생각이 있었던 거다.

"그 얘기 들었어?"

"무슨 얘기?"

내 질문에 차미가 만두를 오물거리며 되물었다.

"몇 년 전, 토끼 추적 나갔다가 영영 안 돌아온 애가 있었다 던데."

"그런 일이 있었다면 행사가 없어졌겠지."

아. 차미 말을 듣고 보니 그럴 것 같다.

"그럼, 그 얘기는? 우리 학교 학생이 아닌 애가 몰래 참가해 서 밤새 있었다는 게 진짜야? 개인 참가자인 줄 알았는데 나중 에 보니 아무도 모르는 애였다고 하던데."

"말도 안 돼. 선생님들이 눈은 폼으로 달고 있겠냐."

역시. 차미는 참, 가끔 무섭도록 예리한 구석이 있다.

"세상천지에 밤새워 책 읽고 싶은 애가 어딨대? 편한 집 놔 두고. 두루미야, 뭐야."

거기서 두루미는 왜 나오느냐고 차미와 나는 어이가 없어서 막 웃었다. 라면이 다 익었다.

"다람쥐, 오늘 나타났을까?"

차미가 젓가락으로 라면을 휘휘 저으며 말했다.

"금요일이니까 왔겠지."

대답하고 난 오란의 입으로 면발이 거세게 빨려 들어갔다.

도서관 다람쥐. 도서관에서 책을 몰래 숨겨 놓는 사람을 가 리키는 말이다. 책을 독차지하려고 다른 사람이 찾지 못하게 엉뚱한 곳에 숨긴다. 그래 놓고 자기가 감춘 곳을 까맣게 잊는 다. 마치 가을 내내 알뜰히 모은 도토리를 숨겨 두고 잊어버리 는 다람쥐처럼. 그래서 도서관 다람쥐라고 부른다. 전혀 다른 곳에 꽂거나 책머리 위에 살짝 눕혀 놓거나 책등이 안으로 향하게 반대로 꽂아 두거나 꽂힌 책들 뒤로 숨기는 등, 수법은 다양하다. 그 결과 도서관의 생태계는 교란되어 버린다. 도서관 다람쥐가 숨겨 놓은 책을 우리는 도토리라 불렀다. 이렇게 제자리를 이탈한 도토리들은 도서관에 분명 있지만 없는 책이 된다. 사서와 도서부원들은 업무와 학업을 중단하고 무수한 날 동안 서가를 쥐 잡듯 뒤지지만 블랙홀에 빨려 들어간 듯, 끝끝내 나타나지 않는 책들이 있다. 다람쥐라니, 얼토당토않다. 다람쥐는 귀엽기나 하지. 게다가 아무 피해도 주지 않는다. 제 욕심 채우자고 함께 보는 책을 몰래 숨기다니, 생각만 해도 음침하다.

최초로 도토리를 발견한 건 5월 말이었다. 물론 전에도 도토리는 종종 있었다. 책을 아무 데나 던져 버리고 가는 애들은 많다. 처음에는 그런 도토리라고 생각했다. 하지만 6월 둘째 주가 되자 평범한 도토리가 아니라는 생각이 들었다. 도토리는 매주 금요일 오후에 발견되었다.

우리 셋은 거의 매일 수업이 끝난 뒤 도서관에 들렀다. 사서 선생님을 도와 책을 정리하고 어머나, 얘들아, 너무너무 고맙다, 하며 선생님이 서랍 속에 감춰 둔 간식을 꺼내 주면 못 이기는 척하고 날름 받아먹는 게 팍팍한 학교생활을 달래는 소소한 낙이었다. 알고 보니 과자는 뇌물이었다. 그제야 선생님의 속셈을 깨달았으나 때는 이미 늦었다. 간식의 늪에 깊이 빠져 버린 우리는 뻔질나게 도서관을 들락거렸다. 도서관은 일이 많았고 늘 손이 부족했다. 우리 학교 도서관은 책이 5만여 권에 달했다. 장서 보유 수로 전국에서 손꼽힐 정도다. 신간을 부지런히 사들이니 책에 라벨 붙이고 스탬프 찍고 서지 사항 입력에 책 정리, 신간 안내 게시판 만드는 것만도 큰일이다. 여기에 각종 행사 계획까지, 일이 끊이지 않았다. 그래서 도서부가 인기가 없었다. 도서부에 가입하는 애들은 장차 사서가 되고 싶거나 봉사 점수를 챙기려는 실속파가 많았다. 진짜 책을 좋아해서 가입하는 애들도 드물게 있긴 했다. 그 드문 경우가 바로 차미와 오란이었다. 그렇게까지 좋아하는 건 아니야, 하고 차미와 오란은 극구 부인했지만 나는 믿지 않았다. 좋아하지 않는데 그토록 탐욕스러운 눈으로 책을 바라볼 리 없다.

금요일마다 발견되는 도토리들에는 일정한 패턴이 있었다. 우선 숨기는 방식이다. 주로 000~500번, 그러니까 백과사전류와 철학, 종교, 사회·자연과학 분야 책장 사이에서 발견되었다. 도서부원이 아니고는 여간해서 접근하지 않는 곳이다. 꽂는 형태는 책등이 뒤로 가게, 책들 위에 깊숙이 눕혀 두었다. 어이없을 만큼 쉽게 눈에 띈다. 마치 날 발견해 달라는 듯. 물론 도토리 찾기에 혈안이 된 도서부원의 눈에는 그렇다는 얘기다. 도서부원이 아니라면 좀처럼 눈치채지 못할 음습한 수법이었다. 그런 도토리가 늘 세 개, 아니 세 권이었다. 우리는 의심했다. 그 세 권의 책은 우연이나 부주의의 산물이 아닌 것 같았다. 도토리는 분명 의도를 지니고 있었다. 그게 뭔지 아직 모르지만.

"첫 번째 도토리들은 셋 다 동화였지."

오란이 후루룩 라면 국물을 들이켜고 나서 말했다. 차미가 코끝으로 흘러내린 안경을 살짝 밀어 올리며 한 권은 소설이었다고 정정했다.

5월 마지막 주 금요일에 등장한 첫 번째 도토리들은 『엄청나게 시끄러운 폴레케 이야기』 1권과 『클로디아의 비밀』, 그리고 『나는 아무 생각이 없다』였다. 앞의 두 권은 동화, 나머지 한 권이 소설이다. 도서관에는 그림책과 동화책도 제법 있었다. 차미는 동화 두 권 다 초등학교 때 읽었지만 내용이 가물가물하다고 했고 오란은 『클로디아의 비밀』만 읽은 기억이 있다고 했다. 우리는 세 권이 첫 번째 도토리라는 걸 뒤늦게 깨닫고 대출해서 돌려 읽었다.

"주인공들이 다 또라이야."

오란이 날달걀을 라면에 깨뜨려 넣으며 말했다. 오란은 라면 국물을 다 마신 뒤 면을 날달걀에 비벼 먹는 걸 좋아했다. 달걀이 면발을 부드럽게 코팅해서 풍미를 살린다며 내게도 한 입 권했는데 아무래도 오란은 풍미와 비린내를 구분 못 하는 것 같았다.

"『나는 아무 생각이 없다』에서는 주인공 부모가 이상하잖아.

진짜 아무 생각이 없으시던데."

"그 책에 나오는 사람들은 다 또라이야. 특히 난 그 교장 마음에 들어. 또라이 대마왕이야, 뭐야. 세상천지에 그런 교장이 어디 있냐?"

"그러니까 소설이지."

차미와 오란이 이야기하는 동안 나는 무심코 한입에 넣은 뜨거운 만두와 사투를 벌이고 있었다. 입천장이 다 까질 지경이었다.

"작가들은 진짜 너무 세상 물정을 몰라. 야, 우리 아이스크림 먹을까?"

오란의 말이 구세주 같았다. 우리는 신나서 냉장고로 달려갔다. 오란은 포도 쭈쭈바, 차미는 초콜릿으로 덮인 하드, 나는 바닐라 맛 아이스크림콘을 골랐다. 아이스크림으로 입천장을 달래며 첫 번째 도토리들을 계속 생각했다. 다 또라이 같다는 오란의 말은 주인공들이 매력적이라는 뜻일 게다. 주인공 모두 10대 여자, 집에 크고 작은 문제들이 있고 둘은 가출하고 하나는 가출 안 하는 게 이상할 정도. 세 권 모두 꽤 재밌다는 데는 우리 셋 다 이견이 없었다.

"맞아, 두 번째 도토리들도 주인공이 모두 여자였지."

오란의 말에 나는 깜짝 놀랐다. 귀신이야, 뭐야. 꼭 내 속을 들여다본 것 같다. 나는 막 두 번째 도토리의 주인공들에 대해 생각하던 참이었다. 오란이 나를 향해 씩 웃더니 와작, 얼음을 깨물었다. 가끔 오란은 이런 식으로 사람을 놀라게 한다.

"모두 그래픽 노블이었고."

차미의 말대로였다.

6월 첫째 주 금요일에 나타난 두 번째 도토리는 셋 다 그래픽 노블이었다. 그때 수상하다고 여겼어야 했지만 그래픽 노블을 좋아하는 애가 읽다가 아무 데나 던져 놓고 간 줄로만 생각했다. 『고스트』, 『스피닝』, 그리고 『왕자와 드레스메이커』. 역시 똑같은 방식으로 숨겨져 있고, 비슷한 장소에서 발견됐다. 우리는 첫 번째 도토리 때처럼 뒤늦게 대출해서 돌려 읽었다. 모두 독특한 이야기들이었다. 『고스트』는 자매가 '죽은 자들의 날'에 망자들을 만나고, 『스피닝』은 외로운 주인공이 묵묵히 피겨 스케이트를 타는 내용이며, 『왕자와 드레스메이커』는 말단 재봉사가 왕자를 위해 근사한 드레스를 만들어 주는 이야기였다. 커밍아웃을 한다는 게 공통점일까 싶었지만 한 작품은 예외였다. 매우 유명한 작품들이고 작가들의 수상 경력이 화려했다. 그게 무슨 의미를 지니는지는 알 수 없었다. 의미를 찾자면 그 뒤로 도서관에 그래픽 노블이 상당히 늘었다. 차미와 오란이 경쟁이라도 하듯, 신간 신청 목록에 그래픽 노블을 엄청 추가했기 때문이다.

6월 둘째 주 금요일에 도토리를 발견했을 때 우리는 확신했다. 누군가 일부러 책을 숨기는 게 분명했다. 세 번째 도토리들은 칼 세이건의 『코스모스』, 레이첼 카슨의 『침묵의 봄』, 하퍼 리의『앵무새 죽이기』였다. 이번엔 대번에 공통점을 알아차렸다. 매우 유명하지만 정작 읽은 사람은 드문 책이라는 점이었다. 차미와 오란은 그중 단 한 권도 읽어 본 적 없다고 했다. 책을 그렇게까지 좋아하지 않는다는 두 사람의 말을 나는 그제야 수긍했다. 차미와 오란은 음식은 박애주의자처럼 먹었지만 책은 편식이 심했다.

두 사람은 추리 소설광이었다. 심지어 오란은 추리 소설 외에는 거의 읽지 않았다. 그것도 오직 고전 추리 소설만 읽었다. 미스 마플과 포와로, 셜록 홈스와 뒤팽, 엘러리 퀸 등이 나오는 탐정 소설. 현대 추리 소설은 탐정이 나오지 않거나 나오더라도 '오서독스'한 맛이 없다고 했다. 오서독스가 무슨 말인지 몰라 찾아보니 '정통적'이란 의미였다. 과연 빵은 단팥빵이 최고라는 대쪽 같은 취향의 오란다웠다. 게다가 오란은 같은 소설을 읽고 또 읽었다. 스물세 번이나 읽은 소설도 있다고 했다. 그에 비하면 차미는 잡식성으로 칠 수 있었다. 차미는 현대 추리물이나 스릴러, 미스터리물까지 두루 섭렵했고 오란은 영손이 안 간다는 일본 추리 소설도 즐겨 읽는 것 같았다. 덕분에 나도 추리 소설을 꽤 읽게 됐다. 재밌지만 두 사람처럼 푹 빠져들 만큼은 아니었다. 뭐랄까, 추리 소설을 읽다 보면 내가 바보가 된 기분이 든다. 줄줄이 늘어놓은 단서에도 나는 안 보여, 나는 안 들려, 하다가 홈스가 "범인은 이 안에 있어!" 하고 의기양양하게 외치면 자넨 역시 천재야, 하고 쓸쓸하게 읊조리는 왓슨의 심정이라고나 할까.

우리는 세 번째 도토리들도 대출해서 돌려 보았다. 『코스모스』는 우주와 별, 『침묵의 봄』은 환경 문제를 이야기한 책이었다. 과학서인데도 딱딱하거나 지루하지 않고 매우 아름다우며 우아한 글이라는 점에 놀랐다. 아름답기로 치면 『앵무새 죽이기』가 으뜸이었으나 소설이다. 차별과 편견을 목도하는 어린 소녀의 이야기. 내용 면에서는 오히려 첫 번째와 두 번째 도토리 쪽에 가깝다. 차미는 『코스모스』와 『침묵의 봄』도 결국은 인간에 대해 말하고 있다는 의견을 냈다. 그렇게 치자면 도서관에 있는 책의 90프로, 아니 98프로쯤은 해당한다. 어떤 책이 인간과 무관할 수 있을까.

세 번째 도토리 출현 이후로 우리는 더는 심상하게 넘길 문제가 아니라고 판단했다. 그렇다고 사서 선생님에게 알리기엔 애매했다. 아예 없어진 것도 아니고 잘못 꽂힌 책은 제자리에 돌려놓으면 된다. 그게 도서부원들이 할 일이었다. 게다가 다람쥐를 잡는다고 딱히 별수가 있는 것도 아니다. 사서 선생님이 주의를 주는 정도일 테다. 우리는 일단 좀 더 지켜보기로 했다. 그리고 도토리의 의도와 의미를 파악하는 데 집중했다. 만약 그런 게 있다면 말이다.

"이제 슬슬 올라가 볼까."

차미의 말에 잽싸게 쓰레기를 정리하고 편의점을 나섰다. 드디어 토끼 추적이다. 이상하게 어깨에 힘이 들어가고 콧바람이 풍풍 나왔다. 뜨거운 것과 찬 것을 한 번에 급하게 먹은 탓일 게다.

편의점 앞에서 길을 건너더니 차미와 오란은 그대로 완만한 비탈길을 따라 걸었다. 산을 오르는 길은 여러 갈래인데 나는 이 길은 처음이었다. 왼쪽으로 울창한 나무가 하늘을 가리고 오른쪽 눈 아래로 주택 단지와 아파트가 이어졌다. 더위는 한층 누그러져 있었다. 이따금 선선한 바람이 숲 사이에서 불어오자 민트 향이 강하게 풍겼다. 오란이 뿌리는 모기약 냄새였다.

"작년엔 뭣 모르고 왔다 엄청 물렸지. 좀비야, 뭐야."

의기양양한 오란이 모기약을 연방 분사하며 앞장서고 나는 뒤따르며 사방을 두리번거렸다. 희미한 가로등 불 아래 눈에 띄는 건 딱히 없었다. 이런 곳에 있을 리 없다. 전설에 따르면 토끼들은 어둠 속, 깊은 그늘에 숨어 있다. 남은 시간은 20분 남짓. 토끼를 찾을 수 있을까. 두 사람은 느긋하기만 했다.

잠시 뒤 정상에 올랐다. 어둠에 잠긴 학교가 내려다보였다. 단 한 군데만 작은 사각형으로 빛나고 있었다. 도서관이다. 이렇게 보니 어쩌 좀 낯설었다. 굉장히 멀리 온 기분이었다. 다른 애들은 다 돌아갔을까. 모두 토끼를 찾았을까.

"어, 저기."

오란이 어둠 속을 가리켰다.

"뭔가 희미하게 빛나는데."

차미가 말하는 쪽으로 나는 다급하게 고개를 돌렸다.

"어디, 어디?"

"아, 저거 저거, 저 나무 사이에 혹시 그거 아니니?"

나는 오란이 가리키는 곳으로 황급히 뛰어갔다.

커다란 나무. 짙은 어둠. 가로등 불빛은 없다. 그때 희미한 빛이 내 앞을 비춘다. 뒤돌아보니 오란과 차미가 휴대폰 불빛으로 밝혀 주고 있었다. 나는 유심히 나무 주위를 살폈다. 없다. 아무것도 보이지 않았다. 두 개의 불빛이 모여 한 군데를 밝혔다. 구멍이다. 검게 입을 벌린 듯한 구멍 속, 뭔가 있는 것 같다. 나는 차마 들여다보지 못하고 머뭇거렸다. 차미와 오란이 내 곁으로 다가와 구멍 안을 살폈다.

"손 넣어 봐."

오란이 나를 부추겼다.

"으, 싫어. 뭐 있으면 어떡해."

"그러니까 넣어 봐야지."

오란이 빙글빙글 웃었다. 갑자기 토끼가 싫어지려고 한다. 슬슬 뒷걸음질 치는 나를 보고 차미가 씩 웃으며 말했다.

"그럼, 내가."

그러고는 차미가 구멍 속으로 손을 집어넣었다. 안이 꽤 넓고 깊은 모양이었다. 팔이 반 이상 삼켜진 채, 차미는 한참 구멍 속을 더듬었다. 나는 숨죽여 지켜보았다. 어둠 속에서 휘이익, 긴 휘파람 같은 새 소리가 불길하게 들려왔다. 갑자기 와

악! 하고 차미가 비명을 질렀다. 덩달아 나도 꽥 소리 질렀다. 나는 정신없이 차미의 팔을 잡아당겼다. 별로 힘주지 않았는데 팔이 쑥 나왔다.

"찾았다."

차미가 빙긋 미소 지었다. 차미의 손바닥 위에 야광 토끼가 희미하게 빛나고 있었다. 오란의 웃음소리가 어둠 속으로 음산하게 퍼졌다.

가까스로 시간에 맞춰 도서관으로 돌아가니 멀리 복도까지 시끌벅적했다. 토끼잡이에 성공한 사냥꾼들에게 시상식이 열렸다. 부상은 문화 상품권. 토끼를 두 마리 찾은 애에게는 문화 상품권 한 장에 '참 잘했어요' 스티커 하나가 주어졌다. 포획된 토끼는 모두 37마리. 찾지 못한 토끼들은 여전히 어두운 숲속에 숨어 있다. 그렇지 않은 토끼도 있었다. 차미는 웬일인지 시상식을 빙글거리며 구경할 뿐, 끝끝내 토끼를 내놓지 않았다.

떠들썩한 시상식이 끝나자 잘 준비를, 아니, 책 읽을 준비를 했다. 책상과 의자를 가장자리로 밀어 도서관 가운데를 비웠다. 이어 두 번째 간식이 등장했다. 커다란 쟁반 세 개에 가득 담긴 수박과 찐 옥수수에 함성이 터졌다. 수박은 차갑고 옥수수는 갓 쪄 낸 듯 뜨끈뜨끈했다. 모두 바닥에 앉아 신나게 떠들며 실컷 먹었다. 꼭 캠핑 온 기분이었다. 친구들과 캠핑 가 본 적은 없지만 아주 많이 다를 것 같지 않았다. 별로 웃긴 이야기도 아닌데 나는 자꾸 차미와 오란의 등을 두드리며 와하하 웃었다.

어느덧 시간은 자정이 훌쩍 넘었다. 양치하고 세수하라는 선생님의 지시에 다들 말 잘 듣는 유치원생처럼 세면도구를 들고 화장실로 향했다.

"너 토끼가 그렇게 좋냐?"

세수하고 도서관으로 돌아오는 길에 차미에게 물었다. 어, 차미가 대답하고 씩 웃었다.

"문상도 좋지만 야광 토끼는 엄청 귀여운 편 아닌가."

오란의 말에 차미와 오란이 마주 보며 싱긋, 웃었다. 뭔가 이상했다. 평소 두 사람이 귀엽다고 하는 건 밀크티 바닥에 깔린 타피오카 알갱이나 단팥빵에 박힌 깨나 코딱지 맛 젤리 같은 거였다. 그런데 토끼, 그것도 야광 토끼가 갑자기 귀여워 죽겠다니. 어쩐지 미심쩍다고 생각하며 나는 두 사람 뒤를 쫓아갔다.

드디어 본격적으로 '책의 밤'이 시작됐다. 도서관은 불을 3분의 1쯤만 켜 놔서 어둑했다. 그 대신 필요한 사람에게는 헤드 랜턴을 빌려줬다. 우리는 밤을 지새울 마땅한 자리를 물색했다. 소파는 이미 다 점령당한 뒤였다. 도서관 가운데에 담요나 침낭을 깔고 누운 애들도 있었다. 우리는 000번 총류와 100번 철학서 책장 사이에 자리를 잡았다. 가장 으슥한 곳이었다. 헤드 랜턴을 켜자 어둑한 바닷속을 헤엄치는 신비로운 생명체가 된 기분이었다. 조금 가오리 같았다. 우리는 나란히 책장에 기대어 앉았다.

"백과사전이 두꺼운 데는 다 이유가 있었어."

차미가 눈앞의 책장을 보며 말하자 오란이 맞장구쳤다.

"조류도감도 괜찮지, 식물도감이 더 나으려나. 난 베개가 높아야 잠 잘 오더라."

킥킥대며 우리는 조류도감과 식물도감을 눈으로 찾아냈다. 그쯤에 네 번째 도토리 중 하나가 있었다.

"네 번째 도토리들은 좀 이상했지. 아니, 수상했어."

차미의 말에 오란과 나는 고개를 끄덕였다.

6월 셋째 주 금요일에 발견된 네 번째 도토리들은 『기억 전달자』, 『체체파리의 비법』, 『흑거미 클럽』이었다. 도토리를 발견하고 오란은 엇, 하고 불시에 옆구리를 찔린 듯한 소리를 냈다. 도토리 중 하나는 오란이 매우 잘 아는 책이었다. 『흑거미 클럽』, 처음으로 추리 소설이 등장했다. 나머지 두 권은 SF 소설이다. 『기억 전달자』는 1학년 필독 도서라 우리 모두 작년에 읽었다. 오란과 차미가 들도 보도 못한 책이라고 한 『체체파리의 비법』을 읽고 나서 오란은 미친 사람이 쓴 것 같다고 했다. 평소 오란이 꼽는 미친 작가는 에드거 앨런 포였다. 미치지 않고서야 그렇게 쓸 수 없다고 했다. 콧김을 거칠게 내뿜으며 말하는 걸 보니 분명 칭찬이었다. 네 번째 도토리들은 내용 면에서 공통점이 희박했다. 게다가 한 권은 다른 장르의 소설이다.

그런데 오란이 『흑거미 클럽』을 쓴 아이작 아시모프가 'SF의 아버지'라고 불릴 정도로 유명한 작가로, '로봇의 3원칙'을 만들었다고 했다. 그렇다면 다람쥐는 SF 마니아 아닐까. 일리는 있었다. 추측이 맞는다면 세 번째 도토리 중 하나였던 『코스모스』와도 어느 정도 연결점이 있다. 하지만 그때 오란이 반론을 제기했다.

"아니, 그건 트릭일 거야."

오란은 헬멧처럼 이마를 덮은 앞머리를 반으로 갈라 옆으로 넘겼다. 좀처럼 하지 않는 행동. 그건 바로 오란이 뭔가 골똘히 생각하고 있다는 뜻이었다.

"다람쥐는 오히려 추리 소설 마니아일 가능성이 커. 『흑거미 클럽』까지 읽었다면 말이야. 『흑거미 클럽』은 잘 알려진 추리 소설은 아니거든. 아저씨들이 모여서 술 마시고 저녁 먹으며 아저씨 농담이나 늘어놓고 사건은 늘 집사가 해결하지. 사건 자체도 대단하진 않아. 근데 기분 나쁜 건 내가 그 아저씨 농담에 피식피식 웃고 있다는 거지. 그 작가의 다른 소설들을 찾아봤는데 SF만 엄청 검색되는 거야. 심지어 추리와 SF를 결합한 소설도 썼더라. 나는 SF에는 별로 흥미가 없지만 읽자마자 알 수 있었어. 아, 이 사람 천재구나. 그런데 추리 소설은 왜 이 정도밖에 못 쓰는 걸까, 좀 부아가 났지. 추리 소설도 그리 나쁘지는 않지만 SF의 비범함에는 못 미친달까. 마치 SF를 쓰다가 이제 머리 좀 식혀 볼까 하고 슬슬 재미로 쓴 느낌이야. 추리 소설에 전력했으면 얼마나 좋아, 진짜 너무 안타깝더라고."

오란은 스티커 모으려고 열심히 산 빵에서 연달아 같은 스티커만 열두 개 나온 표정을 지었다. 차미와 나는 위로의 뜻으로 오란에게 말랑 곰 젤리와 매운 떡볶이 맛 과자를 권했다. 오란은 단 것과 매운 것이 세상을 구하리라는 믿음을 갖고 있었고 우리는 세상까지는 아니지만 오란은 구해 낼 수 있다고 믿었다.

다람쥐는 SF 혹은 추리 소설 마니아일지도 모른다. 아닐 수도 있다. 단정 짓기에는 이전 도토리들과의 연결 고리가 미약했다. 우리가 할 수 있는 건 다음 도토리가 나타나길 기다리는 것뿐이었다.

어김없이 나타났다. 6월 마지막 주 금요일에 발견된 도토리는 『파이 이야기』, 『파이 바닥의 달콤함』, 『크리스마스 푸딩의 모험』. 도토리를 보고 차미와 오란의 표정이 일순 환해졌다 미묘해졌다. 이번엔 두 권이 추리 소설이었다. 『크리스마스 푸딩의 모험』은 오란이 오서독스하다고 일컫는 탐정 미스 마플과 포와로가 등장하는 애거서 크리스티의 소설. 『파이 바닥의 달콤함』은 열한 살 소녀 탐정이 등장하는 이야기로, 차미가 오란에게 적극 추천한 바 있다. 오란은 요즘 나온 추리 소설치고는 제법 읽을 만하다는 심드렁한 평을 내렸지만 시리즈를 모두 독파했다고 한다. 과연 그럴 만했다. 화학을 사랑하고 독극물에 정통하며 우표 수집과 마술이 취미인 열한 살 소녀 탐정이라면 오란도 반하지 않을 수 없었을 것이다. 오란과 차미는 『파이 이야기』만 빌려 읽었다. 읽고 나서는 놀랐다. 당연히 애플파이 아니면 커스터드파이가 나오리라는 예상이 빗나갔기 때문이다. 파이는 원주율의 수학 기호이자, 주인공 이름이었다. 영화로도 만들어졌다고 해서 우리는 차미의 집에 모여 함께 보기도 했다. 영화를 보며 팝콘과 콜라를 잔뜩 먹어서인지 마지막에는 우리 모두 트림을 요란하게 하다 눈물까지 찔끔 흘렸다.

"뭐랄까, 다섯 번째 도토리들은 디저트가 들어간 제목으로 구색을 맞추려고 한 것 같아."

차미가 조심스럽게 감자 칩 봉지를 뜯어서 오란과 내게 내밀며 말했다. 주위는 고요하고 코 고는 소리만 간혹 들려왔다.

"그런데 하나는 푸딩이란 말이지. 거 뭐냐, 제목에 파이 들어가는 소설 많지 않냐? 구색 맞추기라면 더 그럴듯한 책도 있었을 텐데."

감자 칩을 와작와작 씹으며 오란이 말했다.

"맞아, 제목에 파이가 들어가는 소설은 제법 있어. 심지어 추리 소설도 있어."

차미의 말에 오란이 반색했다.

"아! 그 쿠키 만드는 탐정 나오는 소설?"

"그래, 한나 스웬슨 시리즈. 거기에 『레몬 머랭 파이 살인 사건』이랑 『블랙베리 파이 살인 사건』이 있어. 심지어 『자두 푸딩 살인 사건』까지 있단 말이지."

한나 스웬슨 시리즈는 쿠키와 케이크를 만들어 파는 카페 주인이 마을에서 일어난 사건을 해결하는 이야기로, 디저트를 제목으로 단 소설이 여러 권 있다. 차미의 추천으로 오란도 읽기 시작했지만 1권만 읽고 포기했다고 한다. 결혼하라고 주인공을 들들 볶는 주위 사람들 때문에 짜증 나서 더 읽을 수 없었다는 게 오란의 평이었다. 하지만 정보를 얻기 위해 주인공이 사람들에게 쿠키를 선물로 들고 가는 건 참 바람직하다고 했다. 쿠키는 언제나 환영받는 법이라고 오란은 말했다. 나는 한번 읽어 봐야겠다고 생각하며 책 이름을 휴대폰 메모 앱에 적었다.

"이상해. 뭔가 신경 쓰여."

오란이 중얼거렸다. 그러고는 헬멧 같은 앞머리를 거칠게 쓸어 넘기고 한곳을 가만히 응시했다. 오란의 눈빛은 어둠을 꿰뚫을 듯 오싹하고 한참 미동조차 없었다. 아무래도 조는 것 같았다. 내가 오란의 등짝을 내려치려는 순간, 검은 그림자가 우리를 향해 다가왔다.

"여기들 모여 있었구면. 열심히 책 읽고 있는 거 맞지?"

사서 선생님이었다.

"그럼요. 책이 술술 읽히는 중입니다요."

오란이 무릎 위에 펼쳐 두었던 책을 파라락 넘겨 보이며 말했다.

"그렇지. 조류도감만큼 흥미진진한 책도 없지. 너무 과식하진 마."

선생님은 바닥에 늘어놓은 간식거리를 훑어본 뒤 우리가 바친 소시지와 젤리를 들고 킥킥 웃으며 옆 책장으로 건너갔다.

우리는 한때 사서 선생님을 의심하기도 했다. 우리가 얼마나 책을 잘 정리하는지 시험해 보려고 미끼를 던져 놓은 게 아닌가 싶었다. 하지만 사서 선생님은 그렇게 음흉하거나 교활한 사람이 아니다. 물론 모든 가능성을 열어 두고 의심할 수 있는 것은 다 의심해야 한다. 그러나 사서 선생님은 정말 아니라는 데에 우리 세 사람은 일찌감치 동의했다. 업무에 시달려 잔뜩 찌든 얼굴이 바로 결백의 증거였다.

도대체 다람쥐는 누굴까? 왜 이런 짓을 하는 건가?

"슬슬 시작해볼까?"

차미가 말했다. 오란과 나는 고개를 끄덕이고 조용히 일어났다. 오늘은 7월 넷째 주 금요일, 패턴대로라면 도토리가 나타날 날이었다. 하지만 발견될 확률은 반반이다.

도토리는 6월 넷째 주를 마지막으로 더 이상 나타나지 않았다. 3주 동안 보이지 않은 것이다. 드디어 장난은 끝인가 싶었다. 시원하면서도 어쩨 섭섭했다. 도토리를 발견하지 못한 3주 동안 오란과 차미는 세상을 다 잃은 사람 같았다. 다람쥐의 정체도, 도토리의 의도도 밝히지 못했기 때문이리라. 도토리를 발견할 때마다 두 사람은 도대체 누가 이런 짓을 하는 거야, 하고 투덜거렸지만 눈은 반짝반짝 빛나고 입은 찢어질 듯이 함박웃음을 지었다. 기말고사가 끝난 뒤 도토리가 다시 나타나리라는 두 사람의 예상은 추측이라기보다 기대에 가까워 보였다.

우리는 조용히 책장과 책장 사이를 누볐다. 잠든 아이들을 밟지 않으려고 조심하며 책장 하나하나 유심히 살폈다. 시간이 지날수록 다람쥐의 행동반경은 넓어졌다. 000번과 100번 책장을 벗어나 990번 전기류 책장까지 진출했다. 이번엔 어디일까? 과연 나타날 것인가?

"있다!"

차미가 흥분을 억누른 목소리로 말했다. 600번 예술 서적 책장, 위에서 두 번째 칸이었다. 한참 뒤 오란도 발견했다. 800번 문학서 책장 제일 위 칸이었다. 세 번째 도토리는 좀처럼 보이지 않았다. 새벽 3시 반, 우리는 인정해야만 했다. 도토리는 두 개뿐이었다.

도토리를 두고 차미와 오란의 표정이 복잡미묘했다. 『두 사람의 거리 추정』과 『그리고 아무도 없었다』. 두 권 다 추리 소설이었다. 『두 사람의 거리 추정』은 요네자와 호노부의 학원 탐정물, 고등학교 고전부 동아리 회원들이 소소한 사건들을 풀어 나가는 이야기다. 나는 차미의 추천으로 접했다가 시리즈 모두 읽은 바 있다. 『그리고 아무도 없었다』는 애거서 크리스티의 추리 소설, 바로 오란이 스물세 번 읽었다는 책이었다. 오란이 좋아하는 오서독스한 탐정은 나오지 않는다. 만약 그런 탐정이 나왔다면 서른세 번 읽었을 거라고 오란은 말한 적 있다.

찾아낸 두 개의 도토리를 들고 000번과 100번 책장 사이로 돌아왔다. 갑자기 급격한 허기가 몰려왔다. 우리는 남은 과자 봉지를 분주히 뜯었다.

"역시 다람쥐는 추리 소설 마니아인 것 같은데."

소시지 껍질을 까며 내가 말했다.

"아니, 추리 소설은 레드 헤링이야."

오란이 오징어 다리를 거칠게 물어뜯으며 반론했다. 레드 헤링. '붉은 청어'라는 단어는 추리 소설에서 작가가 독자를 속이기 위해 심어 둔 장치를 말한다. 나도 추리 소설이라면 조금 읽고 있으므로 바로 알아들을 수 있었다. 내심 뿌듯했지만 차미와 오란은 알아차리지 못했다.

"추리 소설은 관심을 돌리려는 미끼일 뿐이야. 주목해야 할 건 추리 소설 외의 책들이지."

왜냐고 내가 물을 새도 없이 오란이 말을 이었다.

"안락의자 탐정의 시초, 모든 탐정의 시조새인 뒤팽의 말에 의하면 '무엇이 일어났는가'보다 '이제까지 일어나지 않았던 어떤 일이 일어났는가'를 생각해 봐야 한다고 했어. 도토리는 5월 마지막 주 금요일에 처음 나타났어. 그전에는 그런 일이 전혀 없었지. 그렇다면 그게 뭘 뜻할까?"

"뭐야?"

뒤팽의 말까지 외우고 있다니 조금 오타쿠 같다고 생각하며 나는 물었다. 오란이 앞머리를 쓸어 넘기고 멍하니 한곳을 바라봤다. 한참 기다렸지만 오란은 대답하지 않았다. 속 터져 죽게 만들 작정인가. 참다못해 내가 물었다.

"혹시 모르는 거야?"

"정답."

차미가 팝콘을 던져 헬멧 같은 머리에 가려 오랫동안 빛을 보지 못해 눈부시게 하얀 오란의 이마에 명중시켰다. 오란이 에헤헤, 웃으며 팝콘을 주워 입에 넣었다.

"분명한 건 도토리는 매우 자주 도서관을 드나드는 사람이라는 거지. 나, 팝콘 좀 더 줘 봐. 고수를 뿌린 낙지 탕탕이 맛 팝콘? 이거 은근히 괜찮다?"

우리는 다람쥐의 정체와 도토리의 의미를 파헤치며 과자와 소시지와 오징어와 젤리와 초콜릿을 차례차례 해치웠다.

갑자기 기묘한 기운이 느껴졌다. 주위가 삽시간에 푸르스름하게 물들었다. 우리는 고개를 돌려 창밖을 봤다. 동이 트고 있었다. 그 순간 졸음이 덮쳤고 우리는 몇 차례 꿈틀거리며 반항해 봤지만 이내 항복하고 쓰러졌다.

이상했다. 바로 곯아떨어질 것 같았는데 잠이 들지 않았다. 내 양옆에 누운 차미와 오란은 평온한 얼굴로 잠들어 있다. 진

짜 자는 건가. 나는 차미의 얼굴 위로 가만히 손을 흔들어 보
았다.

"엄마 안 잔다."

차미가 잠꼬대처럼 말했다.

"잠 안 오냐? 조금 있으면 선생님이 깨울 텐데."

그래서인 것 같다. 이렇게 시간이 가는 게 아까웠다. 3학년
은 동아리 활동을 자율 학습으로 대체하니 도서부 활동은 올
해로 끝이다. '책의 밤'은 내게 처음이자, 마지막이 되는 거다.

"차미야."

"응?"

"너 왜 야광 토끼 안 내놓은 거야?"

잠시 뒤, 차미가 눈을 감은 채로 대답했다.

"작년에 말이지, 오란과 함께 죽어라 찾았거든. 다른 애들
은 잘도 찾아 내려가는데 우리 눈에는 안 보이더라고. 진짜 눈
에 불을 켜고 찾는데 없어. 그러다 시간이 다 돼서 할 수 없이
산을 급하게 내려가다 내가 넘어졌어. 완전 대자로 엎어졌는
데 저만치 풀숲 사이에 희미하게 빛나는 야광 토끼가 보이더
라. 아픈 줄도 모르고 신났지. 문상 받으면 편의점에서 한턱 쏘
겠다고 오란한테 큰소리까지 쳤는데 이상하게 내놓기 싫은 거
야. 왠지 모르지만 그랬어."

"부상까지 당하며 찾았으니 내놓기 아까웠나?"

"그런지도 모르지. 오란도 아무 말 않더라. 그리고 다음 날 아

침에 둘이 산으로 올라가서 야광 토끼를 숨겼어. 아까 그 나무에 말이야. 왜 그랬는지는 모르겠어. 그냥 그러고 싶었어. 1년 뒤에 있나 보러 오자고 오란과 약속했어. 그리고 약속대로 지난밤 찾아낸 거지."

그랬구나. 간밤의 미심쩍던 행동들이 조금 이해가 됐다.

"그럼, 그 야광 토끼 또 숨길 거야?"

"글쎄, 그건 잘 모르겠어."

눈을 감은 채로 차미가 웃었다.

나는 한참 차미의 얼굴을 바라보았다. 차미는 그대로 잠든 모양이었다. 몸을 돌려 똑바로 눕자 하얀 천장이 보였다. 그 아래로 짙은 나무색 책장, 책장 사이로 누운 아이들, 000번과 100번 책장 사이에서 밤을 보낸 우리 셋. 이 모든 걸 언제까지 기억할 수 있을까. 가만히 눈을 감자 눈꺼풀 위로 빛이 아른거렸다.

"녹주야."

잠든 줄 알았던 차미가 내 이름을 불렀다.

"응?"

"'눈에는 눈, 이에는 이'라는 말 알지? 나도 하나 대답해 줬으니까 너도 대답해 줘야 한다."

"어?"

"너 왜 도토리 숨겼어?"

창밖에서 새 지저귀는 소리가 희미하게 나고 책장 너머에서는 나직하게 코 고는 소리가 들려왔다. 차미와 나 사이에 잠시 정적이 흘렀다. 나는 고개를 돌려 차미의 얼굴을 바라봤다. 알고 있었구나.

"어떻게 알았어? 언제부터 안 거야?"

"눈에는 눈, 이에는 이라고 했는데, 질문을 두 개나 더 하다니 반칙인데."

그러면서도 차미는 대답해 주었다.

"도서관 다람쥐는 당연히 도서관에 빈번히 드나드는 사람이야. 우리보다 더 도서관에 오래 있는 사람은 사서 선생님 말고는 없어. 선생님은 예외로 했지. 그럴 이유나 동기가 희박했으니까. 이상한 점은 도토리를 발견하는 건 언제나 우리 셋이라는 거였지. 다람쥐는 반드시 우리가 도토리를 발견할 줄 알았던 거야. 이런 정황들로 미루어 내린 결론은, 믿기지 않았지만……."

차미는 잠시 말을 멈췄고 나는 마른침을 삼켰다.

"다람쥐는 우리 셋 중 하나라는 거야. 물론 나는 아니야. 오란도 아니지. 너도 알겠지만 오란은 고전 추리 소설 외에는 손도 안 대니까. 그렇다면 남은 사람이 바로 다람쥐. 여기까지는 추측일 뿐이야. 그런데 말이야, 내겐 확실한 증거가 있어. 사실 어제 종업식 끝나고 네가 도서관에 들어와 도토리를 숨기는 걸 봤거든. 어때? 반박할 텐가, 다람쥐?"

침묵이 대답이 되어 줬다.

"자, 이제 말해 줘. 왜 그런 거야?"

왜 그랬을까.

잠시 뒤, 나는 머뭇거리며 대답했다.

"나도 잘 모르겠어. 나쁜 뜻은 없었어. 그냥…… 찾아 줬으면 했어. 발견하지 못하면 내가 다시 제자리에 꽂으려고 했어. 하지만 꼭 발견하리라 생각했어."

진심이었다. 두 사람이라면 반드시 발견하리라 생각했다. 그리고 두 사람은 내 예상보다 훨씬 더 열심히 찾아 주었다.

"니네, 왜애 그으으렇게 떠어드는 거언데. 어깨걸이극락조야, 뭐어야."

오란이 동면에서 깨어나는 동굴 속 곰처럼 말했다. 어깨걸이극락조가 거기서 왜 나오느냐며 차미와 나는 풋, 웃었다.

"그런데 녹주 넌 제일 좋아하는 책이 뭐야?"

오란이 눈을 비비며 하품을 한 뒤 느긋하게 물었다.

"응?"

"도토리들은 네가 좋아하는 책들 아니었나. 마지막 도토리는 차미와 내가 제일 좋아하는 책이었고."

그랬다. 오란의 말이 맞았다. 나는 늘 추리 소설 이야기를 나누는 오란과 차미가 부러웠다. 그 사이에 나도 끼고 싶었다. 그래서 부지런히 추리 소설을 읽었지만 두 사람의 열의를 따라잡기는 역부족이었다. 그러다 생각했다. 내가 좋아하는 책을 같이 읽고 얘기할 수 있다면 얼마나 좋을까. 그래서 도서관 다람쥐란 트릭을 이용했다. 추리 소설 마니아인 두 사람이라면 다람쥐의 정체를 밝히기 위해 단서를 찾아 책을 읽으리라 생각했고 예상은 적중했다. 하지만 역시 음흉한 꿍꿍이였던 것 같다. 두 사람에게 차마 사실대로 말할 수 없다. 나는 둘과 더 친해지고 싶었을 뿐이다. 그것만은 사실이다.

"혹시 우리에게 책을 권하고 싶었던 거야?"

불시에 옆구리를 찔린 듯했다. 차미의 예리함에 등골이 서늘해졌다.

"설마 그런 꿍꿍이 같은 게 있었을 리가. 두꺼비야, 뭐야."

거기서 두꺼비가 왜 나오느냐고 차미가 오란에게 핀잔을 주며 픽, 웃었다.

"이제 더 이상 도토리는 없는 건가."

오란이 봉지 바닥에 하나 남은 과자를 봤을 때처럼 아쉬운 목소리로 말했다.

"그래도 덕분에 즐거웠어, 다람쥐."

눈을 감은 채 차미가 빙그레 웃으며 말했다. 나도,라고 나는 속으로 대답했다. 갑자기 졸음이 밀려왔다. 나는 두 사람 사이에서 좀 더 누워 있고 싶었다. 우리의 밤은 아직 끝나지 않았다.

고양이는
부르지 않을 때
온다

그럼 이모네 집에 놀러 오라고 오란이 말했다. 차미와 내가 심심해 죽겠다고 단톡방에서 절규했기 때문이다. 우리는 몹시 초조했다. 고2 여름 방학이야말로 입시를 좌우할 절체절명의 시기라든가, 이 시기를 어떻게 보내느냐에 따라 인생이 결정된다는 등 틈만 나면 무시무시한 소리를 들었고 그래서 입시의 노예가 되기 전 이번 여름이 놀 수 있는 마지막 기회라고 생각했던 거다.

　오란은 여름 방학에 일주일 정도 이모네 집에서 지냈다. 이모가 여행을 떠난 사이 집을 봐주러 갔다. 합법적으로 학원을 빠질 수 있어 갈 뿐이라고 시큰둥하게 말했지만 우리는 믿지 않았다. 하기 싫은 일을 하는 사람 얼굴이 그렇게 환할 리 없었다. 이모네 집에 머무는 동안 오란의 가장 중요한 임무는 '탄'과 '파' 돌보기였다. 탄과 파는 오란의 이모와 함께 사는 고양이들이다.

오란과 약속한 토요일, 차미를 만나 아침 일찍 출발했다. 제법 멀다. 지하철로 한 시간, 그리고 지하철역에서 버스로 20분 정도 걸린다고 오란이 알려 줬다. 하지만 지하철을 환승하다 잠시 헤매고 눈앞에서 버스를 놓친 탓에 도착하는 데는 두 시간 가량 걸렸다. 혼자였으면 지루하고 당황했겠지만 차미와 함께 가니 심심할 틈도 없고 든든했다.

지하철이 간혹 지상으로 달리며 차창 밖으로 청량한 하늘과 멀리 짙푸른 산이 보이자 왠지 마음이 설렜다. 여행이라도 가는 기분이었다. 여행 비슷한 것이기도 했고. 기차를 탔으면 더 좋았겠다 싶었다. 나는 아직 기차 여행은 해 본 적 없다. 차미는 어렸을 때 기차로 강릉에 간 적이 있다고 했다. 강릉에는 차미의 할머니가 사셨으나 지금은 돌아가셨다. 차미에게는 외삼촌이 두 명 있지만 자주 만나지 않는다. 내게는 이모도 외삼촌도 없지만 고를 수 있다면 이모가 좋을 것 같다. 그런 이야기를 소곤소곤 나누며 도착했다.

오란의 말로는 오래된 동네라고 했는데 지하철역 주위는 우리 동네와 별로 다르지 않았다. 아파트 단지와 상가 건물에 다닥다닥 붙은 학원이나 병원 간판, 낯익은 편의점과 프랜차이즈 카페. 하지만 20분 정도 버스를 타고 내린 곳은 오란의 말대로였다. 오래돼 보이는 주택이 이리저리 뻗은 골목길을 따라 이어졌다. 바랜 듯한 붉은 벽돌 양옥 사이로 작은 가게들이 숨은 듯 있었다. 오늘 만든 열무김치와 우렁된장 세일,이라고 유리창에 적어 놓은 반찬 가게 옆, 복숭아와 자두와 참외를 소쿠리에 담아 조르르 진열해 둔 청과상의 과일은 모두 한 바구니에 만 원이었다. 밖에 화분을 잔뜩 내놓은 꽃집, 김밥집과 빵집, 떡집이 나란히 있고 수수한 카페와 뭘 하는 곳인지 잘 모르겠지만 귀여운 천을 창에 내려뜨린 가게 등을 지나쳤다.

아직 한낮이 되기 전이었지만 머리 위에서 태양이 이글이글 타올랐다. 손부채를 하고 이따금 티셔츠를 펄럭여 바람이 통하게 하며 미장원 옆 골목으로 들어갔다. 갈림길에서 왼쪽으로 살짝 고개를 들면 보이는 담장 너머로 붉은 꽃이 흐드러진 집을 지나자마자 모퉁이를 돌아 걷다 이쯤이면 나올 때가 되지 않았나 하는 지점에서 진한 청록색 대문의 하얀 집을 찾아냈다. 문을 밀자 희미하게 부우, 하는 소리가 났다.

"굼벵이야, 뭐야. 왜 이렇게 늦게 왔어. 그건 뭐야? 남의 집에 빈손으로 오지 않는 좋은 버르장머리는 어디서 배웠어? 뭐 사 왔어? 혹시 순대야?"

우리를 보자마자 오란이 잔소리를 퍼부었다. 몹시 반가운 모양이었다. 잔소리가 긴 걸 보니 확실했다. 순대는 안 사 왔다는 말에 다시 폭풍 잔소리가 시작됐다.

느긋이 바람을 일으키는 선풍기 앞에서 차미와 나는 땀을 식히며 이리저리 두리번거렸다. 묘한 분위기다. 한낮인데도 어둑했다. 아니, 아주 어둡지는 않다. 블라인드를 쳐 놓은 창 사이로 스며든 가느다란 빛이 퍼져 있어 오래된 프랑스 영화를 틀어 주는 소극장에 들어온 느낌이었다. 벽난로 옆 푹신한 안락의자에 앉아 무릎 위의 고양이를 쓰다듬으며 그러니까, 범인은 이 방 안에 있군요, 하고 얘기하면 딱 어울릴 듯하다. 말하자면 이곳은 오란이 좋아하는 '오서독스한 분위기'를 형상화한 곳 같다.

사방이 온통 나무다. 벽과 바닥도, 유독 높고 침침한 천장도. 유심히 보니 전등이 달린 부분을 중심으로 목과 다리가 긴 새와 꽃과 나뭇잎이 반복적인 패턴으로 섬세하게 조각되어 있다. 이런 집을 본 적 있다. 70년대를 배경으로 한 드라마에 나왔다. 거실 대신 응접실이라고 불리는 곳에 바닥에는 화려한 무늬의 카펫이 깔려 있고 어마어마하게 크고 번쩍거리는 가죽 소파에 홈드레스를 입은 사모님이 우아하게 앉아 있었다. 이곳은 가죽 소파나 홈드레스 차림의 사모님, 안락의자나 벽난로도 없지만 대신 눈 닿는 곳마다 책이 가득했다. 짙은 나무색 때문인지 단숨에 바깥보다 온도가 3.7도쯤 내려간 느낌이다. 오란이 우리를 위해 에어컨을 켠 덕분이었다. 야자수를 닮은 커다란 나무가 초록 잎을 살랑살랑 흔들고 나는 이곳이 단숨에 좋아졌다. 오란의 이모가 운영하는 서점이다. 여름문 책방.

책방은 지금으로부터 40여 년 전에 지어진 2층 양옥으로, 근방에서 제일 번듯한 집이었다. 노부부와 아들 내외 가족이 함께 살았는데 노부부가 세상을 떠난 후 아들은 집을 내놨고 여러 차례 주인이 바뀌다 한동안 비어 있었다. 그러다 몇 해 전에 갑자기 담을 허물고 공사를 하더니 카페로 변모했다. 장사가 영 시원찮던 카페는 오래지 않아 문을 닫고 다시 빈집이 되었다. 이토록 쓸데없이 잘 알고 있는 이유는 할머니 덕분이다. 오란의 할머니는 수십 년 동안 한집에 살며 반상회에 성실히 참여했고 동네일이라면 모르는 게 없었다.

무슨 자신감으로 그런 곳에 카페 낼 생각을 했는지 모르겠다고, 그 자리는 카페 아니라 카페 할아버지를 내도 망한다는 게 할머니의 평이었다. 게다가 뭔 카페가 어두침침해서 왔던 손님도 돌아 나가게 생겼으며 커피도 쓰기만 했다고 덧붙였다. 그 집에 오란의 이모가 책방을 낸 것이다. 탄생 이래 제대로 된 돈벌이를 한 적 없더니 이번에는 스케일이 꽤 크구나, 이모의 책방을 두고 오란의 할머니가 한 말이었다. 하지만 이동네에도 서점 하나쯤은 생길 때가 됐다며, 이모가 극구 말리는 데도 개점 첫날에 돼지머리와 떡을 맞춰 동네방네 나눠 준 사람도 할머니였다. 책방은 6년째 운영 중이다. 자금 부족으로 그대로 뒀다는 고풍스러운 인테리어를 보기 위해 일부러 찾아오는 사람도 있는 모양이다. 그 사람들이 다 책을 사는 건 아니겠지만, 어쨌든 책방은 아직 망하지 않았다.

"어쩐지 어둡더라."

오란이 블라인드를 걷자 빛이 가득 쏟아져 일순 눈이 부셨다. 책방은 인상이 확 바뀌었다. 겨울 내내 어두운 얼굴로 잔뜩 웅크리고 다니던 사람이 여름이 되자 생기가 돌며 상냥해진 느낌이다.

가운데 널찍한 진열대에는 주인이 특별히 고른 듯한 책들이 표지를 보인 채 가지런히 놓여 있었다. 그중에는 레이첼 카슨의 『침묵의 봄』도 있어 나는 반가운 마음에 차미와 찡긋 눈짓을 주고받았다. 우리의 도토리 중 하나였다. 제목 때문에 집어 든 책은 『우리는 모두 외계인이다』. 목차와 서문을 넘겨 보니 읽어 보고 싶어졌다. 서점 한쪽에는 고양이와 강아지를 찍거나 그린 귀여운 엽서와 포스터에 에코 백도 진열되어 있었다. 나는 오란의 이모를 상상해 보았다. 이모에 대해 들은 바라고는 탄과 파라는 이름의 고양이와 함께 살며 탄은 변비가 심해 고생인데 가끔 쾌변 할 때면 엄청나게 큰 똥을 싼다는 것뿐이다.

우리는 열댓 명쯤은 거뜬히 앉을 수 있을 만한 커다란 탁자에 둘러앉아 김밥과 떡을 나누어 먹었다. 오는 길에 본 가게에서 사 온 것이었다. 너무 많이 샀나 싶었는데 아니었다. 나는 여전히 우리의 능력을 지나치게 과소평가한다. 무엇을 상상해도 그 이상 먹을 수 있다는 사실을 자꾸 잊어버린다. 오란은 얼음을 가득 채운 레모네이드를 만들어 내왔다. 새콤하고 달고 시원했다. 레몬청은 이모가 직접 만들었다고 했다.

책방은 조금 독특한 구조다. 문을 떼어 내고 벽을 일부 허물긴 했지만 예전 형태가 고스란히 남아 있다. 거실이었을 널찍한 공간과 두 개의 방으로 구분된다. 탁자가 놓인 곳은 예전에 안방이었을 듯싶다. 무뚝뚝해 보이는 나무 탁자에서 늦은 밤에는 독서 모임을, 주말 오후에는 글쓰기 수업을 한다. 책방에는 시집과 소설책이 많고 그림책, 독립 출판물도 다양한데, 탁자가 놓인 공간에는 오직 SF뿐이다. 오란의 이모가 열렬한 SF 독자라고 했다. 안쪽 작은 방에서도 주인의 관심사를 대번에 알 수 있다. 식물과 가드닝, 농작물 재배에 관한 책이 꽂혀 있고 작은 식물들을 심은 화분이 놓여 아름다웠다. SF광인 이모의 꿈은 자급자족이라고 했다.

"최종 목적은 외계 행성에서의 자급자족."

굉장하다. 자급자족이라면 산속이나 외딴섬 정도가 내 상상의 한계다. 스케일이 다르다.

"하지만 당장의 자급자족도 그닥."

오란이 냉철하게 덧붙였다. 이모를 좋아하는 것 같다. 오란이 다른 사람 걱정하는 모습을 본 적이 없다.

희미하게 부우, 하는 소리가 났다. 오란은 먹던 떡을 꿀꺽 삼키고 쏜살같이 출입구로 달려 나갔다. 어서 오세요,라는 인사도 잊은 채 책을 사지 않으면 원한의 주술이라도 걸 듯이 손님을 무섭게 노려보았다. 그 때문인지 모처럼 온 손님은 멈칫하더니 여기 카페 아니냐고 물었다. 책방이라고 대답하자 손님은 황급히 나갔다. 또 오세요! 오란이 외쳤다. 차미와 나는 입술을 깨물고 웃음을 참았다.

"그러니까 간판을 달아야 한다고 내가 천 번 만 번 얘기했다고. 고양이야, 뭐야. 왜 그렇게 제멋대로야."

문 앞에 작은 입간판이 놓여 있을 뿐, 책방에는 정식 간판이 없다. 외양만으로는 착각할 만도 하다. 이모는 작명 센스도 없는 탓에 도무지 책방 이름이 입에 착 붙지 않는다고 오란이 툴툴거렸다.

"수수부꾸미야, 뭐야. 책방 이름이 수수해도 너무 수수해."

거기서 수수부꾸미가 왜 나오느냐며 차미와 나는 웃었다.

우리는 다시 탁자에 둘러앉아 이야기를 이어 나갔다. 주로 지난 일주일 동안 오란의 활약상이었다. 메신저로 시시콜콜 나눴던 이야기들이라 이미 다 알고 있는 내용이지만 얼굴을 맞대고 들으니 당연히 훨씬 재미있었다.

오란은 어렸을 때 할머니 댁에 산 적이 있다. 엄마가 동생을 낳은 직후로, 오란이 일곱 살 때였다. 산후조리를 도와주러 온 할머니는 한 달 정도 딸과 갓 난 손자를 돌봤다. 오란과 오란의 오빠를 챙기는 것도 할머니 몫이었다. 아이고, 이젠 더 못하겠다, 하고 집으로 돌아갈 때, 할머니는 오란과 함께였다. 이 부분에서 오란과 엄마의 기억이 엇갈린다. 엄마는 오란이 할머니를 따라간다고 하도 떼를 써서 보냈다고 했고, 오란의 기억으로는 유괴 비슷한 것이었다. 과자를 사 준다는 말에 따라나섰는데 도착해 보니 할머니 집이었다. 과자를 사 줘서 일단

하룻밤 잤는데 할머니가 영 집에 데려다줄 생각을 안 해서 그냥저냥 눌러앉았다. 여기서 또 한 번 엄마와 오란의 기억이 엇갈린다. 엄마 말로는 할머니 집에 머문 기간은 한 달 남짓이었으나 오란의 기억으로는 1년은 산 것 같다. 할머니 집에서 선풍기 바람을 쐬며 수박과 복숭아를 먹고, 담요에 발을 묻은 채 찐 고구마랑 귤도 먹었다. 컵라면도 자주 먹었다. 이모 방 책상 서랍에는 늘 컵라면이 있었다. 할머니 몰래 책상 밑에서 이모랑 먹는 컵라면 맛은 끝내줬다. 들키면 할머니는 몸에 안 좋다, 먹고 잘 치워라, 꼭 이를 닦아야 한다, 잔소리는 했지만 그것으로 끝이었다.

낮에는 할머니랑 놀이터도 가고 마트에도 놀러 가니 괜찮았지만 해가 지면 집 생각이 났다. 오빠는 안 보니 살 것 같고 동생은 보고 싶은 건 아니지만 조금 궁금했다. 엄마는 생각하면 가슴속으로 파도가 막 밀려들어 그럴 때면 불도 켜지 않고 방에 홀로 앉아 있었다. 파도가 너무 거세져 익사 직전이 되면 입을 크게 벌려 노래를 불렀다. 넓고 넓은 바닷가에 오막살이 집 한 채,라고 시작하는 노래였다. 노래는 할머니에게 배웠다.

내 사랑아, 내 사랑아, 나의 사랑 클레멘타인, 늙은 아비 혼자 두고 영영 어딜 갔느냐.

어둑한 방 안에서 노래를 부르며 클레멘타인은 어딜 갔을까, 우리 아빠도 늙으면 혼자 두고 영영 떠나야 하나, 혼자 두는 건 불쌍하니 오빠는 남겨 두는 게 좋겠다, 그런 생각을 하고 있으면, 할머니가 살짝 방문을 열고 지켜보다 이모를 불렀다. 쟤 봐라, 애가 청승 떠는 거 봐라, 혼자 보기 아주 아깝다. 할머니는 이모에게 속삭이고 클클클 웃었다.

오란이 심심하다고 떼를 쓰면 할머니는 일단 밥을 먹이고 과자를 쥐여 주었다. 그러고 나서 무릎에 앉히고 책을 읽어 줬다. 할머니 집에는 그림책이 몇 권 있었고 오란은 이미 한글을 떼고 책을 줄줄 읽는 영특한 아이였으나 할머니가 읽어 주면 더 재미있었다. 할머니가 읽어 주던 책은 추리 소설이었다. 셜록 홈스와 미스 마플, 포와로, 뒤팽, 브라운 신부, 엘러리 퀸, 아르센 뤼팽. 탐정과 괴도가 나오는 고전 추리 소설. 평생 간호사로 일하다 은퇴한 후 할머니의 가장 큰 낙은 추리 소설 읽기였다. 오란의 추리 소설 사랑은 조기 교육과 할머니로부터 물려받은 유전자의 결과였다. 격세 유전이었던지 오란의 엄마나 이모는 추리 소설에 전혀 관심이 없었다.

오란은 이모가 뭐 하는 사람인지 정확히 몰랐다. 추리 소설에 자주 등장하는 단어로 말하자면 미스터리한 인물이었다. 오란은 그 당시 '미스터리'라는 단어에 푹 빠져서 미스터리한 된장국, 미스터리한 구름, 미스터리한 지렁이, 미스터리한 똥 등, 온갖 것에 갖다 붙였다. 미스터리한 이모는 대학생이라고 했지만 학교에 가는 걸 본 적 없었다. 늘 점심때가 다 돼서 일어났고 잠에서 깬 뒤에도 멀뚱히 누워 있었다. 이모 뭐 해? 하고 방문을 열고 물으면 이모는 옆에 와서 누우라고 했다. 이모

뭐 하는 거야? 물으면 이모는 움직이지 않고 오래 버티기 시합 중이라고 했다. 어어, 벌써 시작한 거야? 오란은 깜짝 놀라며 집중했으나 번번이 먼저 움직이고 말았다. 이모는 날마다 해 질 때 다 돼서 나가 밤늦게 들어왔다. 휴학을 반복하며 아르바이트에 열심이었음을 오란이 안 건 훨씬 나중의 일이었다. 할머니 말에 의하면 이모는 나사 몇 개가 빠진 인간이었다. 로봇도 아닌 인간의 몸에서 나사가 빠지다니 참 미스터리했다. 오란은 이모의 몸 어느 부분에서 나사가 빠졌는지 늘 유심히 관찰했다.

이모의 미스터리 중 하나는 밤낮으로 켜 놓는 컴퓨터였다. 컴퓨터 앞에서 딱히 뭘 하지도 않으면서 할머니가 전기세 많이 나온다고 나무라도 절대 끄지 않았다. 외계에서 오는 신호를 받는 중이야. 이모는 오란에게 설명해 줬다. 외계인이 언제 신호를 보낼지 모르므로 항상 기다려야 한다고 했다. 오란은 외계인이 꼭 컴퓨터로만 신호를 보내는지, 휴대폰은 없는지, 왜 하필 이모에게 신호를 보내는지 여러모로 미스터리였지만 이모의 말을 아주 안 믿는 건 아니었다. 이모 옆에 누워 코가 간질거리고 개미가 팔 위로 기어 다니는 것 같아도 꾹 참으며 시합에서 이기려고 필사적으로 버티다 오늘은 외계인에게서 소식이 왔느냐고 물었다. 대답은 매일 똑같았다. 아직. 언제쯤 올 것 같으냐고 물으면 이모는 중얼거렸다.

우주는 아주 넓거든.

얼마나 넓어?

아주아주 넓지.

이모의 공허한 눈빛에 오란은 눈치챘다. 이모도 잘 모르는
구나. 이모의 방에는 컵라면 말고도 소설책이 가득 쌓여 있었
으나 이모는 오란에게 책을 읽어 주지는 않았다. 만약 읽어 주
었다면 오란은 추리 소설 대신 SF광이 됐을지도 모른다.

얘기 중에 오란의 휴대폰 알람이 울렸다. 드디어. 오란이 고
개를 끄덕여 보였다. 때가 됐다. 이모에게 부여받은 이런저런
임무 중 하나를 수행할 시간이었다. 오란은 여느 때와 달리 한
치의 굼뜸도 없이 신속히 행동에 나섰다.

책방 앞의 검은 그림자들. 이미 기다리고 있었다. 인기척에
후다닥 달아나더니 어, 너구나 하는 얼굴로 다시 모여들었다.
책방의 최고 단골손님인 고양이들이었다. 얼굴이 크고 진한
호박 수프 색 털이 북실북실한 고양이, 갈색에 검은 줄무늬와
은회색에 검은 줄무늬 고양이 둘, 앞발에만 하얀 양말을 신은
까만 고양이. 모두 한쪽 귀가 살짝 잘려 있다. 차미와 나는 책
방 안에서 창 너머로 시켜보았다. 고양이들이 겁 먹을까 봐서
였다.

얼굴도 몸집도 큰 호박 수프 색 고양이 이름은 모로, 닮았지
만 색과 무늬가 미묘하게 다른 줄무늬 둘은 메리와 셸리, 까만
고양이는 피트. 이모가 지어 준 이름이다. 오란에게 이름을 들

고 검색해 보았다. 모로는 유명한 SF 작가 웰스의 소설에 나오는 닥터 모로, 메리와 셸리는 아마도 『프랑켄슈타인』의 작가 메리 셸리인 것 같다. 피트는 잘 모르겠다.

고양이들은 아침과 저녁, 하루 두 번 밥때에 맞춰 정확히 나타난다. 이모가 책방을 연 뒤로 6년 동안 하루도 빠짐없이 계속된 일이다. 오다가 갑자기 오지 않고, 사라졌다가 어느 날 다시 나타나고, 영영 오지 않기도 하며, 고양이들은 네다섯 마리, 많게는 일곱 마리까지 밥을 먹으러 왔다. 모로가 제일 오래된 단골손님으로, 4년째다. 그릇을 깨끗이 비운 고양이들이 늘어지게 기지개를 켠 순간 나는 흐읍, 하고 숨을 들이마셨다.

"심장 파괴될 것 같아."

차미가 빨랐다. 내가 하고 싶은 말이었다.

고양이들이 떠나자 오란은 재빨리 그릇을 치우고 주변을 정리했다. 차미와 나도 나가서 도왔다. 고양이를 싫어하는 사람들이 많다면서 오란은 눈으로 2층을 가리켰다. 2층에는 새로 카페가 문을 열었는데, 외부 계단 아래 세워 둔 커다란 입간판에 'No Kids, No Pet'이라고 쓰여 있었다. 듣자 하니 고양이에게 밥 주는 문제로 이모와 이런저런 갈등이 있는 모양이었다. 설거지를 마치고 우리는 책방에서 나왔다. 오래된 거리를 따라 이모네 집으로 향했다.

"탄, 파."

현관문을 열고 오란이 작은 목소리로 불렀다.

꼬리를 빳빳이 세운 고양이가 도도도, 다가와 오란의 다리에 몸을 부볐다. 전체적으로 하얀 털에 등에 커다란 붓으로 먹을 찍은 듯한 검은 무늬, 한쪽 눈가에만 까만 아이라인이 있는 고양이, 탄이었다. 드디어 엄청난 똥의 주인공을 알현하게 됐다.

"잘 놀고 있쪘쪄요? 뭐 하고 놀았쪄요?"

오란이 탄의 턱과 머리를 쓰다듬고 궁둥이를 두드리며 물었다. 오란은 고양이에게는 인간을 대할 때보다 천만 배 정도 친절해졌고 혀가 짧아졌다. 대답 대신 탄은 눈을 지그시 감고 꼬리를 부르르 떨었다.

나는 오란이 가르쳐 준 대로 손가락을 탄에게 내밀었다. 탄은 작은 머리로 잠시 생각하는 듯하더니 내 손가락 끝에 가볍게 코를 콩 부딪쳤다. 심장이 터질 것 같았다. 탄은 차미의 인사도 받아 주고 차미와 내 다리에 몸을 살짝 대더니 오늘은 여기까지, 하듯이 돌아서 소파 위로 올라가 앉았다. 파는 숨어서 보이지 않았다. 오란도 이틀째에야 파를 볼 수 있었다고 한다.

"먼바다로부터 태풍이 빠르게 북상하고 있는 밤이었어. 되도록 외출을 삼가라는 긴급 문자가 휴대폰을 울려 댔지만 그날도 어김없이 이모는 밤늦게 집에 돌아가고 있었지. 이미 태풍의 영향으로 도로 위의 나무는 꺾일 듯 세차게 흔들리고 멀리서 와장창이라든가 쿠우우 하는 소리가 들려오고 백만 대군처럼 달려오는 거센 바람에 걸음을 옮기기 힘들 정도였지. 그런데 갑자기 머리 위에서 뭔가 떨어진 거야. 이모는 엉겁결에 손으로 잡았어."

"보통 뭐가 떨어지면 피하지 않아?"

차미가 의혹을 제기했다.

"좋은 지적이야."

의외로 오란이 순순히 인정했다.

"이모는 운동 신경이 둔한 편이라서. 게다가 워낙 당황하기도 했고. 바람에 흩날리는 비닐봉지 같은 것으로 보였대. 이모가 눈도 어두워서."

차미는 여전히 미심쩍은 얼굴이었지만 일단은 넘어갔다.

"그런데 비닐봉지를 잡는 순간 물컹하더래. 되게 놀랐지. 크기며 생김새가 딱 쥐었어. 우리 이모가 겁이라곤 없는데 딱 하나 무서워하는 게 쥐거든. 얼마나 무섭고 놀랐는지 그대로 굳어 버렸는데 쥐가 울어. 우는데 쥐 소리와는 달라. 그제야 눈을 뜨고 제대로 보니 다 죽어 가는 새끼 고양이인 거야. 삐악삐악 우는 소리가 살려 달라고 그러는 것 같더래. 이모는 고양이를 집에 데려왔어."

막상 데려왔지만 오란의 이모가 고양이에 대해 아는 지식은 쥐를 잘 잡고 귀여운 동물이라는 것뿐이었다. 잘 알지 못하는 사람의 눈에도 새끼 고양이의 상태는 심각해 보였다. 일단은 고양이를 담요로 감싸고 아픈 새끼 고양이, 새끼 고양이 밥 등등을 검색하다 병원에 가 봐야겠다는 생각이 들었다. 24시간

문을 여는 병원을 찾아내 가슴에 새끼 고양이를 품고 태풍과 맞서 비바람을 뚫고 달렸다. 힘든 상태라고 의사가 고개를 절레절레 저었지만 고양이는 열흘 입원 치료 끝에 살아났다.

태풍이 그치고 이모는 새끼 고양이가 떨어진 건물 주변을 돌며 혹시 어미나 다른 고양이가 있는지 살펴봤지만 발견하지 못했다. 인터넷으로 찾은 정보에 의하면 어미가 다른 새끼들을 보호하기 위해 아픈 새끼를 버릴 수도 있으며 이미 사람 냄새가 밴 새끼는 알아보지 못한다고 했다. 담요를 빨래하듯 발로 꾹꾹 누르다 시옷 자 입을 오물오물하며 잠든 어린것을 이모는 가만히 지켜봤다. 엄마도 없이 왜 거기서 떨어졌니. 그리고 발바닥도 코도 입도 연분홍인 작은 존재의 엄마가 되어 줄 수밖에 없다고 생각했다.

"너 우는 거야?"

오란이 내 얼굴을 들여다봤다.

"너무 매워서 그래."

내가 코를 풀고 대답하자 오란은 씩 웃었다.

오란은 저녁으로 이모가 사 두고 간 밀키트로 떡볶이를 만들었다. 조리법대로 재료에 물을 붓고 끓이기만 하면 되는데 끝내주는 떡볶이를 만들어 주겠다며 고추장과 고춧가루와 설탕을 퍼부었다. 그 결과 나는 눈물, 콧물을 이구아수 폭포처럼 방출했다. 오란은 내 어깨를 토닥이더니 삶은 달걀을 접시에 덜어 주었다. 나는 이미 달걀을 두 개나 먹은 터라 됐다고 했지만 사양하지 말라고 했다. 오란은 떡볶이에 삶은 달걀을 열두 개나 넣었다. 달걀귀신이야, 뭐야,라고 말하는 차미의 이마에 땀이 송골송골 맺혔다.

가위바위보에 진 사람이 설거지를 하기로 했고 설거지는 어김없이 내 차지였다. 나는 가위바위보라면 백전백패다. 차미가 도와줬고 오란은 어, 거기 거품, 싱크대도 닦아야지, 행주는 빨아서 널고, 음식물 쓰레기는 푸른색 통에, 그렇지, 우리 녹주설거지 좀 해 봤구나, 하며 잔소리만 했다. 설거지를 마치고 이모가 냉장고에 넣어 둔 복숭아를 먹었다. 오란은 딱복파고 차미는 물복파, 나는 별로 가리지 않는데 이모가 사 놓은 복숭아는 물렁한 복숭아였다. 조카 취향도 딱딱 모르냐, 딱따구리야, 뭐야. 오란이 투덜대서 차미와 나는 웃으며 오란의 등을 막 두들겼다.

복숭아는 즙이 뚝뚝 흐르고 달았다. 오란은 물컹해서 싫다면서도 내가 주는 복숭아를 납죽납죽 잘만 받아먹으며 탄에게 깃털이 달린 낚싯대를 흔들어 주었다. 탄은 꼬리를 홱홱 흔들더니 방 안으로 들어가 버렸다. 조그만 뒤통수는 귀찮다는 기색이 역력했다. 참을 수 없을 만큼 웃기고 귀여워서 우리는 바닥을 뒹굴며 소리 없이 웃었다. 고양이들은 조용한 걸 좋아한다고 들었고 우리는 고양이들에게 잘 보이고 싶었다. 서늘한 바닥에 그대로 누워 탄이 진짜 귀엽다, 파도 보고 싶다, 파도 귀엽겠지, 그럼 파도 엄청 귀엽지, 하고 귀여운 존재들에 대해 한참 얘기했다. 그때 오란의 휴대폰 알람이 울렸다. 또다시 임무 수행 시간이었다.

왔던 길을 되짚어 책방으로 돌아갔다. 주위는 어둑하고 오란이 켜 두고 온 노란 불이 희미하게 길을 비추고 있었다. 우리는 안으로 들어가 어두운 거리를 지켜보았다. 인적은 드물었다. 밤이 되었는데도 여전히 후텁지근했다. 더위에도 아랑곳없이 산책에 나선 강아지가 신나게 걸어왔다. 다리도 짧고 꼬리도 짧은 강아지는 책방 앞을 지나다 고양이들이 밥 먹는 곳에 멈춰 잠시 냄새를 맡다 반려인의 재촉에 자리를 떴다. 작은 솜뭉치 같은 꼬리가 살랑대며 어둠 속으로 사라졌다. 그러고는 더는 지나는 이가 없었다.

"오늘도 안 오나 보네."

차미의 말에 오란이 어두운 얼굴로 고개를 끄덕였다. 기다린 지 한 시간이 흘렀다. 오란이 밖으로 나가 밥그릇을 치웠다.

"이제 가자."

오란이 앞장섰다. 이모네 집으로 가는 방향은 아니다. 밤이 늦었다. 그래도 우리에게는 가야 할 곳이 있었다. 코점이를 찾아야 한다.

코점이는 석 달 전쯤 책방에 나타난 고양이다. 독서 모임이 길어져 다른 날보다 퇴근이 늦었던 오란의 이모가 책방을 나서다 문 앞을 서성이는 그림자를 보았다. 주저하는 작은 그림

자. 정체를 바로 알아차렸다. 이모는 가방에 늘 넣어 다니는 닭가슴살을 두어 개 바닥에 두었다. 고양이가 다시 나타났다. 앙상하게 말랐고 털이 지저분하며 침을 흘렸다. 구내염이구나, 짐작했다. 길고양이들에게 흔하고 무서운 병이었다. 이모는 책방 문을 열고 캔에 담긴 습식 사료를 꺼내 와 부드럽게 으깨어 문 앞에 두고 안에서 기다렸다. 잠시 뒤에 고양이가 돌아와 조심스레 먹었다. 코점이. 자연스레 이름이 떠올랐다. 온 우주를 다 뒤져도 그보다 더 딱 맞는 이름은 찾을 수 없으리라. 코점이는 코 부분에만 작고 하얀 점이 있는 검은 고양이였다.

코점이는 첫날 만난 시간에 매일 정확히 나타났으나 좀처럼 경계를 풀지 않았다. 이모는 부드러운 밥에 구내염 약을 타서 줬고 코점이는 조금씩 호전되었다. 이모가 안에서 조용히 지켜보는 동안 밥을 먹고 이내 사라졌다. 몇 번 뒤를 따라가 보았지만 코점이는 영리했다. 추적은 늘 실패했다.

여느 때처럼 이모가 밥 먹는 코점이를 내다보던 때였다. 밖에서 난 폭발음이 귀를 울렸다. 순간 코점이가 공중으로 펄쩍 뛰어오르더니 비명을 지르곤 고통스럽게 울부짖으며 달아났다. 놀란 이모가 뛰쳐나가니 어둠 속에서 환호성과 낄낄거리는 웃음소리가 들려왔다. 맞혔다! 총을 들고 괴성을 지르며 뛰어가는 검은 그림자들. 이모는 그림자를 쫓아가다 생각을 바꿨다. 코점이가 도망친 방향으로 달렸다. 좁은 길을 따라 깊고 으슥한 곳을 들여다보며 밤새 찾았다. 코점이는 어디에도 없었고 그날 이후 더는 오지 않았다. 이모가 여행 떠나기 사흘 전 일이었다.

오란은 이모네 집에 머무는 동안 매일 코점이를 찾아다녔다. 오란의 임무는 아니었다. 혹시 코점이가 오는지 봐 달라고, 오면 밥과 약을 주라는 게 이모의 부탁이었다. 하지만 오란은 알고 있었다. 이모 역시 기다리고만 있지는 않았을 것이다. 찾을 수 있는 가능성이 아무리 희박하여도 이모는 그만두지 않았을 터였다. 이모는 우주에서 오는 신호를 기다리는 사람이다. 아주아주 넓고 깊은 우주 어딘가에 있을 존재가 보내는 희미한 신호를 기다리는 일을 단념하지 않는 사람, 이모는 그런 사람이었다.

우선은 책방을 중심으로 주변을 돌았다. 주차된 자동차 아래를 살피고 좁고 어둑한 틈을 들여다보았다. 집 나간 고양이를 찾아 주는 고양이 탐정을 유튜브에서 본 적 있다. 고양이 탐정은 놀랍게도 꽤 많고 솜씨 좋다고 소문난 탐정들은 거의 매일 출동했다. 고양이 실종 역시 초동 수사가 중요하다. 고양이는 멀리 가지 않는다. 극도의 공포를 느끼며 주로 집 주변에 숨어 있다. 하지만 시간이 흐를수록 집을 찾으려 헤매거나 두려운 것들을 피해 멀어진다. 유튜브에 올라온 영상들은 물론 모두 성공 사례뿐이다. 하지만 영영 돌아오지 않은 고양이들이 더 많을 것이다. 고양이 탐정이라면 코점이도 찾아 줄 수 있을까. 오란은 이모가 보내 준 코점이 사진을 수시로 들여다

보았다. 스치기만 해도 바로 알아볼 자신이 있지만 코점이는 그림자도 비치지 않았다. 오란은 유튜브에서 본 고양이 탐정이 입버릇처럼 하는 말을 떠올렸다. 이번엔 쉽지 않겠어.

　동네를 뒤지던 오란은 길고양이 급식소를 몇 군데 발견했다. 나무 궤짝이나 스티로폼 상자 안에 빈 밥그릇과 물이 반쯤 남은 물그릇이 놓여 있었다. 깨끗하게 잘 관리된 채 모두 인적 드문 곳에 숨겨져 있었다. 고양이와 고양이에게 밥을 주는 사람을 싫어하는 이들을 피해. 이모의 책방도 누군가 눈여겨보았을 것이다. 늘 밥 먹으러 오는 고양이들이 있다는 사실을 알고 늦은 밤에 공격했다. 지금은 고양이지만 대상이 바뀔 수도 있다. 이모는 고양이에게 밥을 주고 고양이처럼 혼자였다. 체력도 저질이고 힘도 없고 싸움도 진짜 못했다.

　오란은 급식소에서 고양이도, 밥 주는 사람도 만나지 못했다. 이른 새벽이나 밤늦게 다녀가는 모양이었다. 수색 이틀째, 알람을 맞추고 일어났다. 인생 최초의 자발적 기상이었다. 새벽 5시, 푸르스름한 공기 속으로 오란은 걸었다. 채 깨어나지 않은 세상은 어딘가 달라 보였다. 다리는 중력이 작은 땅 위를 걷는 듯 휘청이고 사방은 오렌지색으로 물들어 화성을 걷는다면 이럴까 싶었다. 아무래도 잠이 덜 깬 것 같았다. 두 시간 정도 동네를 돌아다녔지만 모로인가 싶은 치즈 고양이가 모퉁이를 돌아 사라지는 뒷모습만 보았을 뿐이었다. 역시 쉽지 않군, 오란은 집으로 돌아오며 생각했다. 초동 수사만큼 중요한 건 정보 수집이다. 장담은 못 한다. 고양이 속은 짐작하기 어렵다.

예의, 신뢰, 호감. 그리고 또 뭐가 있을까? 샴푸 냄새 나는 머리와 깨끗한 티셔츠? 목격자에게 정보를 얻는 방법에 대해 오란은 고심했다. 미스 마플이라면 사돈의 팔촌 안부와 돌보는 강아지의 뒷다리 상태와 어제 산 감자의 행방과 창가에 놓인 제라늄 잎에 붙은 진딧물의 안색까지 시시콜콜 물어 진저리 나게 만든 뒤 아, 그래서 망치로 때려죽였군요, 다들 그러죠, 내가 아는 사람 하나도 그런 적 있는데, 그 사람 사돈의 팔촌은…… 하겠지. 미스 마플을 닮은 사람을 오란은 알고 있다. 바로 할머니다. 아니, 수법은 다르다. 할머니는 오란에게 말했다. '입을 꽉 다물고 있으면 마른오징어에 파리 꼬이듯 상대가 더 많은 얘기를 털어놓는 법이다.' 동네일이라면 모르는 게 없는 할머니의 도움이 절실했지만 할머니는 없었다.

안녕하세요. 밥 주던 아이가 며칠 전 갑자기 사라졌는데 혹시 보신 적 있을까요. 코에 하얀 점이 있는 검은 고양이입니다. 구내염 치료 중이라 약을 먹여야 해서 찾고 있어요.

몇 번이나 수정한 끝에 문구를 완성했다. '책방에서 밥 주던 아이'라고 썼다가 '책방'은 뺐다. 밝히지 않는 편이 나을 것 같다. 이모에게 해가 될 수도 있으니까. 글씨를 최대한 예쁘고 깔끔하게 쓰려 애쓰며 A4 용지에 적어 나갔다. 글 아래로는 코점이 얼굴을 그려 넣었다. 오란이 유치원생 시절 그린 강아지를 보고 옆자리 애가 코끼리냐고 물어본 적이 있었다. 오란의 그림 실력이 정점이던 때였다. 코점이와는 상당히 거리가 먼 얼굴이지만 눈을 흐리게 뜨고 보면 비슷해 보이기도 했다. 자꾸 보니 상당히 귀엽게 그려진 편이었다. 오란은 급식소에 종이를 붙이고 그 옆에 테이프로 볼펜을 고정해 두었다.

그날 밤도 코점이는 책방에 오지 않았다. 오란은 낮에 붙여 둔 종이를 확인하러 어두운 거리로 나섰다. 첫 번째와 두 번째 급식소에는 종이가 떼어져 없었다. 볼펜만 그대로였다. 다시 붙일까 하다 그러지 않기로 했다. 세 번째, 네 번째 급식소에는 아직 붙어 있었다. 네 번째 급식소 종이의 찢긴 자국은 고양이가 그런 듯해 새것으로 바꿔 붙였다.

마지막 급식소는 '공사 중'이라고 인쇄된 테이프를 둘러친 빈터에 있었다. 공사는 중단됐는지 사람 키만 한 잡초가 무성했다. 위험하지만 숨기에도, 숨기기에도 제격이었다. 늘어지고 군데군데 찢어진 테이프를 넘어 오란은 빈터로 들어갔다. 불빛이라고는 없고 사방에 깨진 병 조각과 쓰레기가 널려 있었다. 가장 무시무시한 건 모기떼의 공격이었다. 뜯기고 물리며 휴대폰으로 길을 밝혀 급식소로 다가갔다. 붙여 둔 종이는 일단 무사했다. 자세히 살펴본 순간 오란의 가슴이 뛰었다. 코점이의 얼굴 아래로 답이 적혀 있었다.

애기 두어 달 전까지 종종 만났는데 안 보여서 잘못됐구나 했어요. 살아 있었네요. 다행이에요! 그런데 또 어디로 갔을까요?

오란은 그 아래에 적었다.

며칠 전에 누가 코점이에게 비비탄총을 쐈어요. 맞았는지는 모르겠는데 많이 놀랐어요. 달아나서 안 오네요. 전에 여기로 밥 먹으러 왔었나요?

나무 궤짝 안쪽에 놓인 밥그릇은 말끔히 비어 있었다. 바스락 소리가 나서 돌아보니 멀리 고양이 두 마리가 오란을 지켜보고 있었다. 코점이는 아니었다. 오란은 닭 가슴살 두 개를 밥그릇에 두고 급식소를 떠났다.

수색 셋째 날, 책방에 가기 전에 급식소를 한 바퀴 돌았다. 세 번째와 네 번째 급식소에 전단지는 붙어 있었지만 다른 변화는 없었다. 곧바로 빈터로 갔다. 오란이 적은 글 아래에 답이 달려 있었다.

여기는 아니고 약수터 올라가는 길 분리수거장 근처에서 밥을 줬어요. 그 주위에 빈집이 몇 채 있어서 고양이들이 살아요. 그런데 애기 이름이 코점이군요. 저는 둥실이라고 불렀어요.

오란은 글 아래에 적었다.

코점이, 아니 둥실이도 빈집에 살까요? 코점이는 제 이모가 붙인 이름이에요. 둥실이! 둥실둥실 귀엽네요. 그런데 왜 둥실이일까요? 조금 궁금합니다!

오란은 급식소를 떠나 약수터 가는 길로 향했다. 비탈길이 이어지고 분리수거장이 보였다. 여기일까. 주위를 둘러보곤 근처에 주차된 차 아래를 살펴보았다. 땀이 바닥에 똑 떨어졌다. 무척 더운 날이었다. 고양이들은 이 더위에 털옷까지 입고 어떻게 견디는 걸까, 생각하다 차 아래 앉아 있는 고양이와 눈이 마주쳤다. 셸리와 닮았다. 어쩌면 셸리의 엄마나 아빠, 형제일지도 모른다. 오란은 조용히 자리를 비켜 주었다. 뒤돌아보니 셸리를 닮은 고양이가 오란이 둔 닭 가슴살을 물고 그늘로 숨었다.

오란은 밤에 동네를 돌아보고 빈터로 갔다. 또 답이 있었다.

둥실이는 가끔 왔어요. 매일 밥 먹으러 오는 애들은 함께 빈집에 살았는데 둥실이는 다른 애들을 피해 다녔어요. 까만 밤에 하얀 점이 둥실 떠서 오는 것 같아 둥실이라고 했어요. 다쳤으면 빨리 치료해야 할 텐데 걱정이네요.

종이는 어느새 대화로 가득 차 빈자리가 없었다. 오란은 처음 전단지에서 답장을 발견한 뒤로 글을 남긴 사람에 대해 궁금해졌고 이런저런 추측을 했다. 아는 건 하루 두 번 고양이에게 밥을 주고 필체가 좋다는 사실뿐이다. 차미의 글씨체와 약간 비슷한데 차미의 글씨가 동글동글 귀여운 편이라면 그에 비해 반듯하면서도 부드럽다. 어른의 글씨 같다. 그리고 다정한 사람일 것이다. 확신할 수는 없다. 이모도 고양이들에게 밥을 챙겨 주지만 다정한 사람은 아니다. 이모는 나사가 풀려서 헐거운 사람이다.

네, 걱정이에요. 계속 찾고 있는데 안 보이네요. 둥실둥실. 생각만 해도 귀여워요.

오란은 새 종이에 글을 적고 우는 표정을 그려 넣어 첫 번째 종이 옆에 붙여 놓았다. 다음 날 오후, 오란이 그린 우는 표정 아래 답이 달려 있었다.

힘내요. 저도 잘 살펴볼게요.

고맙습니다. 오늘도 덥네요. 물 자주 드시고 더위 조심하세요.

글 옆에 땀 흘리는 얼굴을 그렸다. 어쩐지 이게 마지막 안부가 되리라는 예감이 들었다. 별 소득은 없었다. 그래도 글을 주고받는 동안 좋았다. 코점이를 기억하고 걱정해 주는 사람이 있다는 게 위안이 됐다. 오란은 코점이를 직접 본 적이 없고 코점이를 생각하면 먹먹해져서 코점이는 슬픈 마음으로 만들어진 희미하고 어둑한 존재거나 바람에 이리저리 흩날리는 작은 눈송이 같다는 생각이 들었다. 오란은 땀 흘리는 얼굴 옆에 코점이의 웃는 얼굴을 그렸다.

그날 밤 동네를 돌고 기대 없이, 동시에 조금은 기대하며 빈터로 갔다. 예감과 달리 답이 있었다.

애들 밥 주는 다른 분들께 여쭤봤더니 둥실이 봤다는 분이 계셨어요. 사흘 전 밤, 연화탕 앞 화단에서요. 바로 달아나서 상태는 확인 못 하셨지만요. 전에 한동안 밥 주던 애라 보자마자 알아보셨다더라고요. 그분은 점배라고 불렀대요.

오란은 너무 기뻐서 손을 해달처럼 가슴 앞으로 모으고 친구들을 만난 황제펭귄처럼 두둠칫 어깨를 들썩였다. 추다 보니 흥이 넘쳐 어깨걸이극락조처럼 현란한 스텝을 밟게 되었다. 수풀 사이에서 지켜보던 고양이들이 놀라 울며 도망치는 소리에 간신히 춤을 멈췄다.

연화탕이라면 할머니와 함께 간 기억이 있다. 할머니는 사흘이 멀다 하고 목욕탕을 찾았다. 오란이 꼬마 유령과 도마뱀 인형에 스물일곱 번 비누 거품을 내는 동안 할머니는 마른 쑥을 벽에 주렁주렁 매달아 놓은 사우나에 앉아 있다 벌게진 얼굴로 나와 찬물을 뒤집어쓰고 다시 들어가고 오란은 스물여덟 번째 거품을 냈다. 그것이 적어도 세 번은 반복된 뒤에야 할머니는 흡족한 표정으로 오란의 때를 밀기 시작했다.

탈의실에서 몸과 머리를 말린 뒤 옷을 입고 오란과 할머니는 나란히 앉아 바나나우유를 마셨다. 운이 좋을 때는 콜라까지 한 병 더 마실 수 있었는데 단지 운 때문이 아니라 탈의실에 아주머니들이 많을 때 일어나는 일임을 오란은 관찰 끝에 알아냈다. 무심한 얼굴로 바나나우유를 쭉쭉 빠는 할머니의 귀가 아주머니들의 말소리를 향해 쭈욱 늘어나는 걸 오란은 똑똑히 목격했다. 할머니는 아주머니들의 얘기를 듣는 재미로 몸이 닭백숙처럼 푹 익기까지 참아 낸 것이다. 그 결과 할머니는 슈퍼집 아저씨가 아주머니 몰래 마른오징어 다리를 뜯어 먹다 쫓겨났고, 승용이네 2층 방은 귀신이 나와 세입자가 들어오기만 하면 한 달을 못 넘기며, 용궁반점 문 앞에 노상 방뇨한 범인이 보배반점 주인이라는 등의 소식에 빠삭하게 되었다. 연화탕은 오래전 영업을 그만두었고 할머니는 삶의 낙을 하나 잃었다.

오란은 잠시 헤맨 끝에 연화탕을 찾아냈다. 기억보다 훨씬 작아서 잘못 찾았나 싶었지만 간판이 붙어 있었다. 온갖 소문의 집성지였던 연화탕은 화려한 시간을 뒤로하고 어둠 속에

쓸쓸히 서 있었다. 건물 앞 화단에는 잎이 뾰족한 키 작은 나무들이 더부룩했다. 나무 사이를 살피고 주변을 돌아보았지만 코점이는 안 보였다. 오란은 나무 아래에 사료와 닭 가슴살을 두었다. 점배이자 둥실이인 코점이가 혹시 먹어 주면 좋고, 다른 배고픈 고양이가 먹어도 좋다고 생각했다.

연화탕에 가 보았는데 둥실이는 만나지 못했어요. 연화탕은 어린 시절 제 때를 말끔히 씻어 낸 추억의 장소예요. 할머니를 따라가곤 했죠. 둥실이가 또 연화탕 근처에 나타날까요?

다시 빈터 급식소로 돌아간 오란은 글을 쓴 뒤 수건으로 양 머리를 한 얼굴을 그려 넣었다. 그리다 보니 실력이 느는 것 같았다. 양 머리를 한 얼굴은 꽤 귀여웠다.

오전에 책방의 고양이들에게 밥을 주자마자 오란은 빈터로 향했다. 수색 닷새째였다. 거의 달리다시피 해서 도착했다. 숨을 몰아쉬며 종이를 살폈으나 아무런 답도 없었다. 급식소 안의 그릇을 보니 다녀간 흔적은 있었다. 양 머리를 한 얼굴은 밝은 데서 보니 시무룩해 보였다. 오란은 망설이다 글을 남기지 않고 급식소를 떠났다.

왜 아무 답장도 없을까. 따지고 보면 답을 남길 의무는 없었다. 지금까지의 응답만으로도 충분히 감사할 일이었다. 하지만 계속 생각이 맴돌았다. 바빴나. 귀찮아졌나. 혹시 내 글에 기분이 상했나? 괜히 어린 시절 추억 따위를 말했다고 오란은 후회했다. 너무 앞서갔다. 누군지도 모르는 이의 호의에 기대하고 의지했다. 친해졌다고 생각했던 거다. 도토리 수색 덕에 읽었던 『파이 이야기』에서 동물에게는 각자의 안전거리가 있다고 했다. 안전하다고 여기는 영역을 침범당하면 도망치거나 공격한다. 사람도 다르지 않을 것이다. 상대의 안전거리를 고려하지 않고 너무 가까이 다가갔다.

어느새 연화탕 앞이었다. 밤에는 어두워서 몰랐는데 건물은 쇠락해서 한낮에도 을씨년스러웠다. 오란은 화단을 살폈다. 어젯밤 잡목 사이에 숨겨 두고 간 사료와 닭 가슴살이 사라졌다. 코점이가 먹고 갔을까? 알 수 없다. CCTV라도 달아 볼까. 고개를 들자 햇살이 눈이 찔렸다. 무더운 날이었다. 불현듯 매미 소리가 폭죽 터지듯 시작됐고 오란은 부신 눈을 손등으로 한참 문질렀다.

지난밤 책방에 코점이가 오지 않은 걸 확인하고 오란은 바로 집으로 돌아갈 작정이었다. 하지만 도착해 보니 빈터 급식소였다. 김유신의 말이야, 뭐야. 온 김에 종이를 살펴보았다. 답이 있었다. 심장이 빠르게 뛰었다.

둥실이 새벽에 연화탕 앞에 왔대요. 점배 엄마 보고 도망가는데 다리를 저는 것 같더래요. 병원 데려가게 포획 틀 놓으려고 해요. 마침 빌려주신다는 분이 있어요.

오란도 답장을 남겼다.

혹시 괜찮으시다면 포획 틀 설치할 때 가도 될까요? 도와드릴 일이 있다면 돕고 싶어요.

다음 날 오전, 답이 있었다.

그럼 내일 밤 12시쯤 연화탕 앞에서 만날까요?

그래서 차미와 내가 오란을 압박하기 시작했던 것이다. 심심해 죽겠다고, 어디라도 가고 싶다고, 예를 들면 이모네 집이라도, 아니면 친구 이모네 집이라도 가지 않으면 우리는 시방 위험한 짐승이 될 참이라고 우는 소리로 협박한 끝에 초대를 받아 냈다. 오란이 이모네 집에서 지내는 동안 우리가 단톡방에서 고양이 얘기를 나누지 않은 날은 하루도 없었다. 대부분 코점이 얘기였고, 그러므로 코점이는 어느덧 우리의 코점이였고, 그래서 함께 코점이를 기다리고 싶었다.

차미가 내게 카톡을 보낸 건 늦은 밤이었다. 배낭에 속옷, 잠옷, 티셔츠, 양말, 칫솔, 초코바 세 개 등등을 챙기고 뭐 빠진 거 없나 생각하고 있을 때였다. 둘이서만 얘기하기는 처음이었다.

차미가 대뜸 말했다.

―포획 틀이 오란을 잡는 덫일 수도 있어.

나는 즉시 이모티콘을 보냈다. 놀라서 정신없이 땅을 파는 두더지로, 내가 즐겨 사용하는 이모티콘이다.

―오란을 잡아서 뭐 하게?
―변변찮지만 그래도 오란에게는 쓸 만한 눈과 콩팥과 심장 등등이 있어.
―설마.
―사람 일은 알 수 없지.
―둥실 엄마가 그럼 인신매매범?
―진짜 둥실 엄마인지도 모르잖아. 코점이는 미끼일지도.
―헉.
―혹시 가스총 있어?
―총?
―호신용 전기 충격기나 스프레이라도.
―없는데.
―호신용 경보기?
―없지.
―호루라기는?
―ㅜㅜ
―방법이 있을 거야.

―무슨?

―생각해 보자. 내일 봐.

―ㅇㅇ 잘 자.

나는 거실로 나가 둘러보다 소파 아래에 있던 모기 퇴치 스프레이를 챙겼다. 베란다 선반을 뒤져 찾아낸 바퀴벌레 퇴치 스프레이도 배낭에 넣었다. 없는 것보다는 나을 듯했다. 따지고 보면 모기나 바퀴벌레로부터 몸을 보호하는 호신용이기도 하고. 그렇게 차미와 나는 코점이 포획에 합류했다.

우리는 우선 빈터 급식소로 갔다. 생각보다 멀어 책방에서부터 20분 넘게 걸었다. 주위에 가로등도 없어 컴컴했다. 빈터는 자재와 쓰레기가 이리저리 널려 스산했다. 범죄 영화나 공포 체험 다큐멘터리 배경으로 딱이었다.

"이런 데 혼자 왔단 말이야?"

차미가 나무랐다.

"이 동네는 괜찮아."

"사람 있는 데에 안전한 곳이 어딨어. 비비탄총 쏜 사람들도 이 동네 사람들일 텐데."

오란은 대꾸가 없었고 차미도 더는 뭐라 하지 않았다.

오란이 휴대폰으로 길을 밝혀 앞장섰고 차미와 내가 뒤따랐다. 모기와 하루살이 떼를 손으로 쫓고 잡초에 종아리를 긁히며 급식소에 도착했다. 오란이 불빛으로 종이를 비추었다.

연화탕에서 12시에 만나자는 글 아래로 '감사합니다. 내일 봬요. 꼭 잡았으면요!'라고 오란이 적었고 '그러길 바라야죠. 밥은 놓지 마세요. 배고파야 포획 틀에 들어갈 가능성이 높아지니까요.'라는 답이 달렸다. 그 아래로 아마 오늘 오전, 우리를 만나기 전에 오란이 적어 두었을 마지막 글이 있었다.

드디어 오늘 밤이네요! 둥실이, 점배, 코점이 꼭 만나자!

"쥐 아냐?"

글 옆에 그려 놓은 수염 난 얼굴을 보고 차미가 말했다.

"쥐는 아니야. 약간 오소리 느낌인데."

내 의견에 차미가 고개를 갸웃했다.

"전체적으로 어두침침한 게 너구리인가."

"야!"

오란의 항의에 차미와 나는 흐흐흐 웃었다.

12시까지는 얼마 남지 않았다. 발길을 재촉해 연화탕 앞으로 갔다. 근처겠거니 했는데 연화탕까지는 또 한참이었다. 저만큼 희끄무레하게 두부 같은 건물이 보이자 오란은 걸음을 멈췄다.

"너희는 여기에서 기다려."

차미와 나는 고개를 끄덕였다. 파이팅! 주먹을 쥐어 결의를 다진 뒤 오란을 보냈다. 잠시 뒤에 차미와 나는 조용히 오란의 뒤를 쫓았다. 차미가 걸으며 에코 백에서 뭔가 꺼내 손에 쥐었다. 피리였다.

"시 정도로 불면 될 것 같더라. 제일 긴박한 소리야."

혹 위급한 상황이 오면 시 시 시 시, 피리를 부는 차미를 상상해 보았다. 나도 모기 퇴치 스프레이와 바퀴벌레 퇴치 스프레이를 준비해야 하나 고민하다 필요해지면 잽싸게 꺼내자고 결정했다.

차미가 멈춰 섰다. 담에 붙어 몸을 숨기고 고개만 빼서 둘러봤다. 연화탕 앞에 누군가 있었다. 빈터 급식소에 글을 남긴 사람, 둥실이 엄마구나. 어두운 데다 챙이 있는 모자를 눌러쓰고 있어서 얼굴은 안 보였다. 오란과 둥실이 엄마가 인사하고 이야기를 나누었다. 거리가 있어 말소리는 들리지 않았다. 잠시 뒤 차미와 나는 황급히 자리를 떴다. 오란과 둥실이 엄마가 나란히 우리 쪽으로 걸어왔기 때문이다.

오란과 둥실이 엄마는 차미와 내가 서 있던 담에 몸을 숨긴 채 코점이를 기다리고, 차미와 나는 오란이 기다리라고 했던 곳에서 지켜봤다. 모기가 쉴 새 없이 달려들어서 바로 지금이 스프레이를 꺼내야 할 때가 아닌가 싶었지만 그랬다간 잠복을 들킬까 봐 손을 화화 저어 조용히 모기와 싸웠다. 절대적인 열세고 백전백패였다. 여기저기 잔뜩 뜯겼다.

사방은 조용하고 멀리 컹컹 개 짖는 소리가 났다. 더위는 누그러지고 밤공기는 부드러웠다. 안 오려나, 왔으면 좋겠는데, 많이 다쳤을까, 아, 모기, 이따금 작은 소리로 차미와 소곤거리며 모기 물린 데를 긁으며 우리는 기다렸다. 밤이 깊어 조금 졸리기도 해서 나는 고개를 들어 하늘을 바라봤다. 어쩐지 우리 동네보다 더 짙은 밤이 머리 위에 있었다. 별이 희미하게 빛나고 나는 저 멀리 반짝이는 하얀 점이 북극성일까, 그 옆에 새의 날개 같은 카시오페이아가 있을까, 차미에게는 보이나, 오란은 무슨 마음으로 코점이를 찾아다녔을까, 어쩌면 별을 바라보는 마음과 비슷하지 않았을까 생각해 보았다.

집으로 돌아온 건 3시가 다 돼서였다. 탄이 자다가 깨서 부스스한 얼굴로 현관까지 마중 나와 냐, 하고 울었다. 오란이 안아도 탄은 도망가지 않았다. 오란은 탄을 오래오래 쓰다듬었다. 코점이는 나타나지 않았다.

우리는 마루에 이불을 깔고 누웠다. 자리가 좁아 차미와 내가 나란히 눕고 오란이 머리 위에 가로로 누운 조금 이상한 모양새였다. 방에 침대가 있고 마루에 소파도 있지만 불편함을 자처하며 함께 바닥에 누웠다. 지독하게 피곤한데 이상하게 잠들지 못했다. 흥분이 가라앉지 않았다.

직장에 다니는 둥실이 엄마는 새벽에 빈터 급식소에 밥과 물을 채우고, 퇴근한 뒤 밤에도 밥 주는 장소가 세 곳 있다고 오란이 어둠 속에서 말했다. 둥실이 엄마는 강아지와 함께 살고 강아지 이름은 모아. 3년 전 유기견 보호소에서 데려왔다. 오란에게 사진을 보여 줬는데 전체적으로 까뭇한 갈색 털이 부숭부숭한 강아지였다. 새벽에는 짧게, 밤에는 길게, 매일 두 번 모아와 산책한다. 가방에 고양이 밥과 물과 그릇을 넣고 신나게 앞장서는 모아를 따라 걷는다. 하루는 모아가 길에서 아픈 새끼 고양이를 발견해 한사코 떠나지 않으려 해서 결국 구조해 함께 살게 되었다. 이름은 살구, 연한 살구색이라 살구. 살구와 살면서 고양이들에게 밥을 주기 시작했다. 어딘가 있을 살구의 엄마와 형제들도 배불리 먹으라고. 둥실이도 살구의 친척일지 모른다. 그런 이야기를 둥실이이자 코점이를 기다리는 동안 들었다.

"너 우는 거 아니지?"

"아니야. 나는 원래 밤 되면 콧물 나와."

나는 코를 훌쩍이며 오란에게 대답했다. 차미가 이불을 끌어 내게 덮어 줬다.

오란은 내일도 같은 시간과 장소에서 둥실이 엄마와 만나기로 약속했다. 아까 치웠던 포획 틀을 다시 놓는다고 한다. 내일이 오란이 코점이를 찾는 마지막 날이다. 모레 아침, 이모가 돌아오면 오란은 귀가할 예정이다.

"할머니는 어쩌셔?"

차미의 물음에 아아, 내가 얘기 안 했던가, 하며 오란이 그간의 사정을 말해 줬다.

오란에게는 이모가 둘 더 있다. 할머니의 네 딸 중 오란의 엄마가 첫째고 책방 이모가 막내다. 가운데 이모 둘은 대학을 졸업하자마자 호주로 가 정착했으므로 두 이모에 대한 기억은 별로 없다. 가끔 엄마가 통화하다 호주 이모들과 인사하라고 전화를 바꿔 주면 안녕하세요, 저는 잘 지냅니다, 하고 어색하게 몇 마디 나눌 뿐이었다. 이모들은 늘 호주에 놀러 오라고 했지만 항공권을 결제해 준다든가 실질적인 행동을 취한 적은 없었다. 정작 놀러 가게 된 사람은 할머니였고 잠시 다녀온다더니 2년이 지나도 돌아오지 않았다.

할머니는 종종 오란에게 전화해 호주는 공기가 참 좋고, 캥거루는 너무 커서 좀 무서워도 눈이 참 예쁘고, 새끼 캥거루는 귀엽고, 음식은 입맛에 안 맞는다는 얘기를 숨도 안 쉬고 한바탕 한 뒤 언제 한번 호주에 놀러 오라고 했지만 역시 항공권을 사 준다는 얘기는 없었다. 정작 이번에 호주에 가게 된 사람은 이모였다. 몇 달 전부터 갑자기 할머니에게 소식이 없고 호주 이모들도 연락이 잘 안 됐다. 어쩌다 연락이 닿으면 할머니가 조금 기운이 없을 뿐, 별일 없으니 아무 걱정 말라고 이모들이 말을 아껴 오란의 엄마는 걱정이 되었고 그래서 책방 이모가 현지 상황을 살피는 특명을 맡아 떠나게 됐다.

"우리 할머니는 거 뭐냐, 자기 주도? 아닌데…… 뭐더라, 주도치밀?"

"주도면밀?"

차미가 거들었다.

"그래, 맞아. 우리 할머니는 주도면밀하신 분이다. 다 할머니 계획이었대. 꿈쩍 않는 이모를 불러들일 계획."

대학을 졸업하고 홀쩍 떠나 먼 남쪽 바닷가에서부터 바람에 날리는 민들레 홀씨처럼 떠돌던 이모는 탄과 함께 산 뒤로, 그러니까 8년 가까이 단 하루도 집을 비운 적 없었다. 여행은 꿈도 꾸지 않았다. 그런 이모가 모처럼 떠난 것은 할머니의 계획에 호주 이모들이 가담한 결과였다. 오란도 내막을 모른 채 협력한 셈이었다.

"두꺼비야, 뭐야. 그런 꿍꿍이가 있었다니."

오란이 투덜거렸다.

"나는 좋은데. 탄이도 보고."

내 말에 차미가 나도, 하더니 파는 못 보고 가려나, 덧붙였다.

"탄은 왜 탄이야? 파는 왜 파고? 혹시 '파탄'의 '파'와 '탄'은 아니지?"

"어떻게 알았냐. 할머니가 만날 파탄 남매라고 부르는데."

내 질문에 오란이 클클클 웃었다.

"탄은 타이탄의 '탄'이야. 토성의 위성. 거인이란 뜻이기도 하고. 탄이 처음 봤을 때 쬐끄만 게 발은 엄청 커서 이모가 아, 얘는 거대 고양이가 되겠구나 싶어서 타이탄이라고 지었대. 근데 발만 크고 별로 안 큰 고양이가 되었지. 파는 목성의 위성 유로파의 '파'. 이모는 유로파가 좋대. 생명체가 존재할 가능성이 있는 위성이라나 뭐라나.”

파는 쓰레기봉투 속에 있었다. 몹시 추운 겨울이었다. 한파 경보가 발효되고 새벽부터 큰 눈이 온다는 기상 예보가 있던 날, 밤늦게 퇴근하던 이모는 어디선가 나는 희미한 소리를 들었다. 분리수거장 앞을 지날 때였다. 쓰레기 더미 위에 던져진 봉투 하나가 눈에 들어왔다. 단단히 묶어 놓은 봉투를 풀자 고양이가 안에 있었다. 뻣뻣하게 굳은 채였다. 죽은 고양이를 버렸구나. 하지만 이상했다. 분명 고양이가 부르는 소리를 들었다. 이모는 고양이를 집으로 데려와 담요로 몸을 감싸 전기장판에 누이고 쉬지 않고 마사지했다. 얼마 뒤 움찔움찔 고양이가 움직이더니 소리 내어 울었다.

“파는 집에서 살던 고양이 같대. 캣 타워나 화장실도 잘 쓰고 푹신한 데 좋아하고. 파가 품종 묘거든. 그런데 여기저기 아픈 데가 많았어. 복막염에 심장은 기형이고 신장에, 관절도 문제가 있었어. 종합 병원이었지.”

“아파서 버린 거야?”

차미가 물었다.

“그건 모르지. 하지만 버리는 사람은 무슨 이유를 대서라도 버려. 너 왜 계속 콧물 나와?”

오란이 내게 물었고 차미가 어둠 속에서 더듬더듬 찾은 티슈 상자를 밀어 주었다.

“원래 그래.”

118

나는 코를 풀고 코맹맹이 소리로 대답했다.

"코뿔소야, 뭐야. 계속 코를 흘려."

픽, 웃음소리가 나고 차미가 거기서 왜 코뿔소가 나오느냐고 해서 나는 훌쩍거리다 피식 웃고 콧물을 닦다 픕 픕 픕 웃느라 아주 분주했다.

우리는 탄과 파와 코점이와 코알라와 새끼 캥거루 등, 작고 귀여운 존재들에 대해 이야기하다 이러다 날 샌다, 자자, 자자, 이제 진짜 자자 했다. 눈을 감자마자 졸음이 밀려들었고 어쩌면 꿈에 탄과 파와 코점이와 코알라와 새끼 캥거루가 나올지도 모르겠다고 생각했다. 어둠 속에서 까드득 까드득 소리가 났다.

"파 밥 먹는다."

오란이 말하자마자 마치 신호라도 되는 듯, 나는 잠 속으로 미끄러졌다.

얼마 뒤 단톡방에 사진이 올라왔다. 오란이 보낸 사진이었다. 나는 침대에 누워 휴대폰을 들여다보다가 벌떡 일어났다. 올림픽에서 우리나라 여자 배구팀이 상대편 팀에 강 스파이크를 찔러 넣었을 때처럼 끼야오옷, 함성을 지르고 뛰어올랐다. 늦은 밤이었으므로 소리는 속으로만 질렀다. 사진에는 한쪽 다리에 깁스한 고양이가 누워 있었다. 코에 하얀 점이 있는 검은 고양이였다.

오란의 이모는 단념하지 않았다. 이모는 코점이가 나타났다는 곳이면 어디든 달려가고, 때로는 둥실이 엄마와 함께 쿠키나 초콜릿을 나누어 먹으며 기다렸다. 코점이의 상태는 좋지 않았다. 구내염이 심해져 잘 먹지 못해 앙상하게 말랐고 다리는 상처가 심각했다. 조금만 더 늦었으면 손쓸 수 없었단다. 코점이도 알았는지 포획 틀 안으로 순순히 들어가 코점아, 둥실아, 하고 부르는 소리에 그저 떨고만 있었다고 한다. 다리는 완치되지 못할 수도 있지만 그래도 걷는 데는 문제가 없어, 코점이는 조금 느린 속도로 뛰고, 높은 곳에 오를 때는 용기를 내야 할 것이다. 우리는 밤새 단톡방에서 잘됐다, 진짜 잘됐다 이야기했다. 사진 속 코점이는 오란이 그린 그림과 전혀 닮지 않고 무척 귀여웠다. 며칠 뒤 퇴원해서 이모네 집으로 갔다는 소식을 들었다.

나는 문득 떠올라 오란에게 물었다. 책방에 밥 먹으러 오는 까만 고양이 피트는 어디에서 연유한 이름이냐고. 오란은 소설 속 주인공이 함께 사는 고양이 이름이라고 알려 줬다. 물론 SF였고 제목은 『여름으로 가는 문』. 마침 도서관에 있어서 대출해서 읽었다. 혹독한 추위가 찾아와 눈과 얼음으로 덮인 겨울 아침, 어딘가 반드시 여름으로 향하는 문이 있다고 생각해서 집 안의 모든 창과 문을 열어 보는 고양이가 나오는 이야기였고 나는 이 단념하지 않는 고양이 피트가 단번에 마음에 들었다.

어두운 밤길을 걸을 때면 종종 어디선가 들려오는 희미한 소리를, 저만치 빠르게 사라지는 작은 그림자를 감지하며 그들은, 그리고 우리는 어디론가 연결된 문을 찾아가고 있다고 생각해 본다. 어두운 눈으로 그 문을 더듬다 보면 밤하늘은 완전히 캄캄하지 않은 채 푸르스름하게 빛나고 있어, 나는 탄과 파에게 밥을 주는 오란을, 이모에게 몸을 붙이고 누워 외계인이 보내는 신호에 귀를 기울이는 오란을, 어둑한 방 안에서 내 사랑아, 내 사랑아, 노래를 부르는 오란을 본 것 같았고 느낄 수 있었고 손 내밀면 만질 수 있을 듯했다. 그것은 부드러운 밤의 공기를 만질 때의 느낌 같을 것이다.

예상은
빗나간다

오란의 집에 놀러 갔다. 오란의 집은 처음이었다. 아무도 없다는 말과 달리 집에는 오란의 오빠가 있었다. 오란의 오빠는 오란과 전혀 닮지 않았고 며칠 자지 못했는지 눈에 핏발이 서서 피로해 보였다. 아, 안녕하세요, 인사를 했는데 아무 반응도 없고 전체적으로 차가운 인상이었다. 진짜로 차갑다고 오란이 말했다. 오란의 오빠는 좀비였다. 오란과 내가 떡볶이를 식탁에 펼쳐 놓고 먹으려 하자 오란의 오빠가 달려들었다. 그 모습이 마치 한 마리 짐승 같아서 나는 몹시 놀랐다. 전광석화처럼 달려든 오빠보다 오란이 더 빨랐다. 오란이 팔로 쳐 버리자 나가떨어진 오빠는 구석에서 울었다. 오란이 떡볶이를 덜어 주고는 나눠 먹는 거라고 했지? 말하자 오빠는 대꾸도 없이 허겁지겁 그릇에 코를 박았다. 포크도 쓰지 않고 게걸스럽게 먹는 모습을 보자 나는 속이 안 좋아져서 포크를 내려놓았다.

떡볶이 먹어도 되는 거야? 나는 작은 목소리로 물었다.

왜 안 돼? 오란이 떡볶이를 포크로 쿡 찍으며 답했다.

뭔가, 단백질 같은 거 먹어야 하는 거 아니야? 예를 들면 사람 같은?

가끔 목덜미를 물려고 달려들긴 하는데 하지 말라고 하면…….

오란이 혀로 입가를 정신없이 핥고 있는 오빠를 슬쩍 바라본 뒤 말했다.

말로는 안 듣지. 그럴 땐 명치를 팔꿈치로 찍으면 잠잠해져.

명치를 팔꿈치로. 나는 명심했다. 명치를 팔꿈치로.

내 꿈 얘기에 오란은 미친 듯이 웃었다. 꿈이 어찌나 뒤숭숭한지 오빠는 안녕하시냐고 묻자 매우 안녕하시다고 했다. 이상한 일이었다. 오란의 오빠를 본 적도, 오란의 집에 간 적도 없는데 그런 꿈을 꾸다니. 오란은 오빠 없는 세상이 지상 천국일 거라고, 천국에 사는 기분이 어떠냐고 차미와 내게 묻곤 했으나 오빠에 대해 자세히 얘기한 적은 없었다. 오란의 오빠가 고3이라는 게 내가 아는 전부였다.

좀비가 나오는 꿈, 좀비, 좀비, 하고 인터넷 해몽 사이트를 검색하는데 오란이 내 어깨에 손을 올렸다. 자네, 개꿈 꿨네. 그런데 먹을 것에 좀비처럼 달려드는 건 딱 맞는다고, 꿈이 참 신통하다고 오란이 또 숨넘어갈 듯이 웃었다. 듣고 있던 차미

는 고개를 갸웃하며 나는? 하고 물었다. 어, 그리고 보니 차
미가 없었다. 다시 떠올려 봐도 역시 없었다. 개꿈에 나오는 게
뭐가 좋냐. 오란이 말했다. 그래도 그 꿈은 정말이지 너무너무
생생했는데. 특히 명치를 팔꿈치로 찍으란 말을 명심하자는
다짐은 너무나도 또렷해서 나는 이게 무슨 징조나 의미가 아
닐까 아무래도 그렇게 생각하게 되었다. 그리고 며칠 뒤 일이
생겼다. 꿈과는 아무 관계도 없는 일이었다. 내 예감은 대체로
빗나가는 편이다.

학교 홈페이지에 글이 올라왔다. 건의 사항란에 게시된 글
의 제목은 '부당한 침해와 폭력을 멈춰 주십시오'. 제목 아래
내용은 이렇다.

읽고 싶은 책이 있어서 도서관에 신청했습니다. 그런데 사서 선생
님께서 '신청 불가'인 책이라고 하셨습니다. 규정상 도서관에 비치할
수 없는 책이라고 했습니다. 이유를 여쭤보자 그게 규칙이라고 하셨
습니다. 어떤 책은 되고 어떤 책은 안 된다는 기준은 무엇입니까? 그
리고 그 기준은 누가 세운 겁니까? 누가 어떤 이유로 만든 규칙인지
도 모르는 채로 읽고 싶은 책을 읽을 수 없는 건 마땅히 누려야 할 권
리에 대한 침해이자 폭력이라고 생각합니다. 옳지 않은 일을 그저 참
고 당해야만 할까요? 우리는 모두 정당한 권리를 누려야 한다고 생각
합니다. 부디 학생들을 위한 현명한 답변과 해결 부탁드립니다.

작성자는 2학년 2반 박승태. 이런 글을 쓰리라고는 예상 못했다.

시작은 며칠 전이었다. 그날 나는 점심시간에 도서관 당번이라 서둘러 밥을 먹고 도서관으로 갔다. 잘 부탁한다며 사서 선생님이 점심을 먹으러 간 뒤 차미와 오란이 참새처럼 팔랑거리며 들어왔다. 차미와 오란에게 도서관은 참새의 방앗간, 딱히 당번이 아니더라도 점심시간이면 어김없이 들렀다. 차미가 사다 준 딸기우유를 마시며 오란이 어젯밤 유튜브에서 본 고양이 이야기를 듣고 있을 때 박승태가 친구와 함께 와서 오란에게 어, 너,라고 아는 척했다. 오란과 같은 반인가 보았다. 선생님을 찾기에 식사하러 가셨다고 오란이 답했다. 박승태와 친구는 소파에 앉아 휴대폰과 출입문을 번갈아 보며 기다렸다. 빚이라도 받으러 온 것 같았다.

사서 선생님이 돌아오자 박승태는 기다리던 기세와는 달리 주뼛거리며 말문을 열었다. 선생님 옆에 따개비처럼 찰싹 붙어 있는 우리 셋을 의식하는 듯싶었다. 듣자 하니 신청 도서 얘기였다. 박승태가 신청한 책이 비치 불가능한 책이었던 모양이다. 선생님은 늘 그렇듯 상냥하게 설명했지만 박승태는 '아, 왜 안 돼요?'를 반복했다. 박승태의 목소리가 점점 커졌고 도서관에 있던 애들의 눈길이 일제히 쏠렸다. 점심시간 끝나는 종이 울리자 박승태는 문을 거칠게 발로 차고 나갔다. 옆에서 지켜보던 친구가 부리나케 쫓아갔다.

사서 선생님은 완전히 기진한 얼굴로 우리를 향해 쓴웃음 지었다. 한바탕 씨름이라도 한 얼굴이었다. 올해로 부임 3년 차, 전국에서도 손꼽히는 도서 보유량을 자랑하는 도서관을 책임지며 문예제와 '책의 밤' 등 각종 행사를 기획하고 성공적으로 이끌어 온 열정의 화신, 김보라 선생님에게 다소 힘겨운 싸움이었다. 박승태가 막무가내로 사 달라고 조른 건 '월하광인'이라는 무협지였다. 검색해 보니 2부까지 20권 나왔는데, 계속 이어지는 모양이었다. 대화에 난항을 겪긴 했지만 선생님은 최선을 다해 이해를 구했고 박승태는 짜증은 냈지만 그럭저럭 마무리된 줄 알았다. 하지만 내 예상은 빗나갔다.

학교 홈페이지에 건의 사항은 학생과 교사 모두 올릴 수 있다. 글을 작성하기 위해서 본인 인증 절차를 거치고 반드시 이름을 밝혀야 했다. 그래서인지 건의는 그다지 많지 않았다. 간간이 올라오는 내용은 교복 대신 생활복을 입게 해 달라거나 급식 디저트로 과일 대신 케이크가 나왔으면 좋겠다는 의견 등이었다. 답변은 일주일 내에 담당 교사가 하는 게 원칙이었다. 박승태가 올린 글에 '학생들을 위한 현명한 답변'은 사서 선생님이 했다.

도서관은 한정된 공간과 예산으로 운영되므로 원하는 모든 책을 비치할 수 없는 점이 안타깝습니다. 아울러 신청 자료에 관해 몇 가지 규칙이 있습니다. 그중 하나는 폭력적이거나 선정적, 적절치 못한 내용이 담긴 책은 비치할 수 없다는 것입니다. 학생들이 바람직한 책을 접하도록 돕는 게 사서 교사의 임무 중 하나라고 생각합니다. 우리 도서관에는 현재 5만여 권의 책이 있습니다. 그중에 분명 흥미를 느낄 책을 찾을 수 있을 겁니다. 도서관은(사서 교사가 퇴근하기 전까지는) 활짝 열려 있으니 언제라도 방문해 주세요.

적절한 답변 같았지만 누군가에게는 전혀 '학생들을 위한 현명한 답변'이 아니었던 모양이다. 확실한 건 박승태가 원하는 답변은 아니었다. 다음 날 또 글이 올라왔다.

제목: 정당한 권리를 찾고 싶습니다

지난번에 올린 '부당한 침해와 폭력을 멈춰 주십시오' 글에 대한 답변은 충분치 않습니다. '규칙'이라는 원론적 얘기일 뿐, 이해하기 어렵습니다. 폭력적이거나 선정적, 적절치 못한 내용이 담긴 책은 비치할 수 없는 게 규칙이라고 했으나 도서관에는 폭력적이고 선정적인 책들이 상당히 많습니다. 욕설과 폭행, 심지어 살인, 고문, 학살 등, 잔혹한 폭력과 수위 높은 애정 행위를 묘사한 소설도 즐비합니다. 너무 많아서 일일이 예를 들 수 없을 정도이며, 심지어 세계 명작 전집 코너에서도 쉽게 발견할 수 있습니다. 더구나 1학기 권장 도서 중 한 권은 남녀 간의 혐오를 조장하고 편향된 사고를 주입하는, 적절치 못한 내용이었습니다. 그런데도 버젓이 도서관에 비치되어 있습니다. '바람직한 책'이라는 기준은 무엇입니까? 그리고 '바람직함'은 누가 판단하나요? 사서 교사 개인 의견으로 책을 강요하거나 금지하는 게 옳습니까? 이것은 일종의 폭력입니다. 학생들에게서 책을 고를 수 있는 자유와 권리를 빼앗아도 되는 건가요? 우리는 읽고 싶은 책을 마음껏 읽고 싶을 뿐입니다.

　박승태가 두 번째로 올린 글은 조회 수가 빠르게 올라갔다. 글을 올린 지 하루가 채 지나기 전에 전교생 거의 모두가 읽었다. 덩달아 이전 글의 조회 수도 올라갔다. 오란에게 전해 들으니 박승태는 틈날 때마다 반 애들을 붙잡고 침을 튀기며 규칙이 갑질이라고 설파하는 데 열심이라고 했다. 좋은 소식도 있다. 전교생이 비로소 도서관 규칙에 대해 알게 된 것이다. 사서 선생님과 도서부원들이 줄기차게 시도했지만 영 성과가 없던 일을 박승태가 해냈다. 박승태에게 절이라도 해야 하나 싶은 생각은 들지 않았다.

　1학기 권장 도서도 새삼 다시 화제였다. 박승태가 언급한 책은 『우리는 모두 페미니스트가 되어야 합니다』인 것 같다. 소설가 치마만다 응고지 아디치에가 자신의 경험을 바탕으로 강연한 내용을 엮은 책인데, 짧고 술술 읽혔다. 재밌고 유쾌한데 가볍지 않고 어째 울컥울컥하는 대목들이 있었다. 그런데 그 책은 유독 말이 많았다. 왜 우리가 모두 페미니스트가 되어야 하느냐고 볼멘소리가 쏟아졌다. 책을 읽고 싶지도 않고, 절대 읽지 않겠다는 애들도 상당했다. 늘 있는 일이었다. 어떤 책이라도 불만은 있었다. 근본적인 불만은 읽어야 한다는 행위 자체이리라. 책 읽기 좋아하는 고등학생은 곰 젤리 속에 곰 성분이 함유되어 있을 확률만큼 희박하다. 어차피 권장 도서는 어디까지나 권장 도서고 싫으면 다른 책을 선택할 수 있으니 큰 문제 될 게 없다. 하지만 내 생각은 지나치게 낙관적이었다. 반감은 생각보다 컸다.

"선생님 혹시 페미니스트 같은 거 아니죠?"

이게 웬 개구리 헤엄치는 연못에 돌 던지는 소리야, 하며 나는 고개를 돌렸다. 차미와 오란도 동시에 그쪽으로 눈이 향했다. 사서 선생님 책상 앞에 남학생 하나가 웃는 얼굴로 서 있었다. 우리 반 부반장이야, 오란이 작은 목소리로 말했다. 나도 아는 얼굴이었다. 김도명, 작년 우리 반 부반장이었다.

도명이 오랜만에 왔네, 하고 반가워하던 선생님의 얼굴에 일순 웃음이 사라졌다. 하지만 이내 상냥한 미소가 돌아왔다.

"너 나한테 관심 있냐?"

선생님이 농담처럼 한 질문에 김도명이 씩 웃었다.

"관심 있으니까 물어보죠."

버터 오징어구이야, 뭐야, 느글거려. 오란이 중얼거렸다. 거짓말. 버터 오징어구이라면 없어서 못 먹으면서. 지금은 그런 걸 따질 때가 아니다. 진실은 잠시 묻어 두고 대화에 귀 기울였다.

"애들이 그러던데, 선생님 페미니스트 같다고요. 설마 아니죠?"

김도명은 다시 물었고 선생님의 눈썹이 한 쌍의 갈매기처럼 날아오르는가 싶더니 다시 잔잔한 해안선으로 내려앉았다.

"넌 아니니?"

"남녀는 평등해야죠."

"어, 평등. 그렇게 만들자는 게 페미니즘이야."

"아닌 것 같은데요."

선생님은 잠자코 기다렸고 김도명은 또 싱글싱글 웃었다.

"사실 불평등한 상황이긴 하죠. 여자들한테 훨씬 유리하니까요. 혜택도 많고."

"여자들에게 어떤 혜택이 많은지 궁금하네. 만약 있다면 왜 혜택을 주겠니?"

"그러게 말이에요. 남녀는 평등해야 하는데 왜 한쪽에만 혜택을 주는지 모르겠어요. 그거야말로 차별 아니에요?"

"모르겠다면 책을 읽으면 알 수 있을 텐데. 어디, 책 좀 추천해 줘?"

"아뇨, 됐어요. 우선 이거 읽을게요."

김도명은 손에 든 책을 들어 보였다. 그러고는 싱긋 웃으며 인사하고 도서관에서 나갔다.

선생님 책상 쪽만 유독 어두침침해 보였다. 먹구름이 짙게 깔리고 금방이라도 우르릉, 우르릉 소리가 날 것 같았다. 내 기분 탓일 게다. 선생님의 표정은 평소와 다름없이 평온했다. 원래 태풍 전야는 고요하다.

그러고 보니 떠오르는 일이 있었다. 작년 반장 선거 때 김도명의 출사표. 급식 식단과 수행 평가 공지를 단톡방에 성실히 올리겠다거나 우산 대여 서비스를 운영하고 급식 메뉴로 '랍스터 데이'를 건의해 보겠다는 공약들과는 사뭇 달랐다. '저는 불편러가 되겠습니다.' 운을 띄우고 김도명은 싱긋 웃더니 다들 생각하는 그런 의미가 아니라고 했다. 이야기인즉슨 반에 불편한 일이 생기면 누구보다 빨리 알아채고 해결하겠다는 뜻이라며 또 싱긋 웃었다. 유독 치아가 많이 드러나는 미소였다. 홍당무를 우적우적 씹는 한 마리 당나귀가 떠올랐다. 자칭 불편러는 근소한 차이로 반장이 되지 못했다. 부반장 김도명은 그래도 자신의 공약을 착실히 이행했다.

체육 대회 단체 티를 맞출 때였다. 반장과 부반장, 옷 입는 감각이 좋은 아이 몇이 함께 의논해서 티셔츠를 골라 단톡방에 사진을 올렸다. 반 전체 투표로 정하기로 했는데 후보로 오른 다섯 벌 중 꿀벌 무늬 티셔츠가 제일 많은 표를 얻었다. 누가 꿀단지를 든 곰돌이 푸 분장도 하면 재밌겠다는 얘기까지 나오며 화기애애했다. 그런데 다 결정된 일에 반대 의견이 나왔다. 온통 알록달록한 티셔츠들 사이에서 너무 평범해 보일 우려가 있다는 거였다. 부반장 김도명의 발언이었다. 오히려 무채색에 단순한 디자인이 눈에 띄고 세련돼 보인다고 했다.

무채색 단순한 디자인이라면 가장 적은 표를 받은 검정 티셔츠. 투표 결과에 따르겠다는 반장의 말에 김도명은 더 좋은 쪽으로 정하자는 것뿐이라며 싱긋 웃는 얼굴로 꿀벌과 검정 티셔츠 두 개를 두고 다시 의견을 묻자고 했다. 며칠을 질질 끌다가 결국 다시 투표했고 우리 반은 검정 티셔츠를 입고 체육대회를 치렀다. 전교에서 가장 칙칙한 옷으로 확실히 눈길은 끌었다. 그 뒤로 반장과 부반장은 사사건건 대립했는데 주로 반장의 의견에 부반장이 반대했기 때문이었다. 반론과 비판, 토론과 조정을 거친 합의는 민주주의 사회에서 자연스럽고 당연한 절차이지만 결정된 일이 번복되기 일쑤고, 뭐 하나 정하려면 투표를 하고 또 해서 속이 터졌다. 나는 원래 민주주의란 이렇게 상당히 불편한 거였나 의심하게 되었다. 차츰 반장도 지쳐서 포기했고 학급 일은 김도명의 뜻대로 처리됐다.

김도명이 싱글싱글 웃으며 방향을 짐작할 수 없게 질주하는 한 마리 당나귀처럼 도서관을 들쑤셔 놓고 간 뒤 오란은 불길해, 왠지 불길해, 하고 저주 걸린 인형처럼 중얼중얼하더니 곰 젤리 한 봉지를 몽땅 입에 털어 넣었다. 신간 도서에 내가 막 찍은 스탬프 자국을 보더니 차미가 흐음, 하고 안경을 살짝 밀어 올렸다. 깔끔하게 찍히지 않고 번져 버린 스탬프 자국에 나는 기분이 찜찜했다. 스탬프 때문만은 아니었다. 내 예감이 간혹 맞는 때가 있으니 그것은 대체로 나쁜 쪽이었다.

과연 그게 끝이 아니었다. 김도명이 도서관에 다녀간 며칠 뒤 학부모회 회장을 필두로 부모님들이 학교를 방문했다. 권장 도서에 관한 학교의 입장을 듣기 위해서라고 했다. 나는 적잖이 놀랐다. 부모님들이 책에 이렇게 관심이 많을 줄이야. 아이들이 국영수과사 기타 등등, 학원을 전전할 나이가 되면 깊은 땅속에 묻어 버리고 다시는 꺼낼 수 없게 발로 꾹꾹 밟아 버리는 게 책 아니었나?

목격자의 진술, 그러니까 여느 때처럼 창가 자리에서 슬픈 표정으로 밖을 내다보던 오란의 말에 따르면 갑자기 자욱한 흙먼지가 맹렬하게 운동장을 가로질러 왔다. 슬픔으로 감기던 눈이 반짝 떠지고 어쩐지 속에서 용솟음치는 기운을 느낀 오란이 두 눈 부릅뜨고 지켜본바, 역동적인 누런 흙먼지의 정체는 한 떼의 어른들이었는데 새끼를 지키려는 시베리아 호랑이처럼 이글거리는 투지를 뿜어내고 있었다. 때마침 오란은 배 속을 울리는 강한 진동을 감지했다.

갑자기 과민성 대장염 증상이 시작된 오란은 공식적으로는 그날 오후를 화장실 변기 위에서 보냈고 비공식적으로는 교무실 근처 복도에 놓인 종려수 화분 뒤에 잠복해 있었다. 야자수 아니었어? 내가 묻자 오란은 그럴 줄 알았다며 의기양양한 표정을 짓더니 곧바로 식물 정보를 가르쳐 주는 앱에 물었다고 실토했다. 앱 이름은 '다무러'. 되게 심심했던 모양이다. 울창한 종려수 잎 사이로 목격한 바에 의하면 학부모들은 교무실에 이어 교장실로 돌격했고 한참 만에 교감 선생님의 배웅을 받으며 조용히 돌아갔다고 했다. 그 모습은 흡사 9회 말 원 아 웃 상황에서 스트라이크 두 개에 헛스윙을 크게 휘둘러 삼진 당하고 불펜으로 돌아가는 타자의 등짝 같았다.

그 왜, 차미가 나한테 마지막 남은 버터 오징어구이 다리 줄 때 표정 알지? 오란이 말했다. 억울한 표정? 내 말에 아니, 아 니, 하고 오란이 고개를 저었다. 더러워서 주고 만다는 표정? 차미가 말하자 바로 그거야, 하고 오란이 킬킬킬 웃었다. 교장 실로 앞장서 들어간 학부모회 회장이 김도명의 엄마라는 사실 은 나중에 알았다. 광풍처럼 몰아쳤던 권장 도서 논란은 짧고 강력한 태풍처럼 순식간에 지나갔다. 그런 줄로만 알았다. 다 시 말하자면 내 예감은 맞는 적이 없다, 젠장.

"쪄 죽을 것 같아. 고구마야, 뭐야."

오란이 물 먹는 코끼리처럼 빨대로 바나나우유를 쪽 빨아올 렸다.

조끼를 벗고 셔츠 소매를 걷었는데도 더웠다. 아침저녁으 로는 선선해도 낮에는 한여름 못지않게 뜨거웠다. 나는 소매 를 한 번 더 걷고 딸기우유를 마셨다. 우유는 이미 미지근해졌 다. 평소라면 도서관에 있을 시간이다. 당번이 아니더라도 점 심 먹고 나면 참새가 방앗간을 찾듯 당연히 도서관행이었는 데. 땡볕에 풀밭 위에 앉아 있으려니 에어컨 바람 쏟아지는 도 서관 생각이 더욱 간절했다. 요즘 도서관은 분위기가 영 뒤숭

숭했다. 갑자기 애들이 많이 드나드는 것도 한몫했다. 오란이 조용한 곳으로 가자며 여기로 끌고 왔다. 과연 조용하긴 하다. 이런 날씨에 화단이 웬 말이람.

"오호, 과꽃. 이름이 '과'라니 독특하다."

오란이 찰칵, 찰칵 요란하게 사진을 찍어 대더니 '다무러'에 올린 모양이다.

"나 여기 좋아. 꽃도 많고."

이건 꽃잔디, 저건 다알리아, 저건 비덴스, 그 옆은 루피너스, 하며 신나게 읊었지만 오란의 얼굴은 놀이터 가고 싶다고 떼써서 나갔는데 날도 덥고 같이 놀 애도 없고 미끄럼틀은 불에 달군 고기 판처럼 뜨거워서 5초 만에 이게 아니다 싶어졌으나 안 그런 척 와하하 웃는 유치원생의 표정, 딱 그거였다.

"이상해. 목덜미가 으스스한 게 막 개미가 기어다니는 기분이야."

오란이 사진 찍다 말고 목을 긁으며 말했다.

"개미야."

차미가 오란의 목에서 개미를 떼어 보여 줬다. 으으으, 신음과 함께 오란이 벌떡 일어나 온몸을 흔들었다. 사방에 개미였다. 나는 과자를 빨리 해치우려고 한입에 욱여넣었다. 고개를 젖혀 봉지를 입에 대고 최후의 부스러기까지 탈탈 털어 넣는데 문득 하늘이 눈에 들어왔다. 참 파랗다. 어째 부끄러워질 만큼 무해하고 맑은 색이다.

"어차피 답은 정해져 있는 거 아닌가."

오란의 말에 나는 입가를 닦으며 으응? 하고 물었다.

"원하는 답이 나올 때까지 안 끝날 것 같은데."

깜짝이야. 오란은 종종 이런 식으로 놀라게 한다. 나는 홈페이지에 게시된 글에 대해 생각하고 있던 참이었다. 선생님은 아직 답변하지 않았다.

"요즘 애들답지 않게 끈기가 있네."

차미가 빈 봉지를 착착 접으며 할머니 같은 소리를 했다.

두 번째 글이 올라오고 사흘이 지났다. 열정의 화신 김보라 선생님은 평소처럼 웃어 보였지만 우리에게 간식을 투척하는 것마저 잊었다. 어둑한 얼굴로 골똘히 생각에 빠져 있어 말을 걸어도 바로 알아듣지 못했다. 위로하고 싶었지만 괜히 알짱거리지 말고 조용히 책 정리나 열심히 하기로 했다. 그게 선생님을 돕는 거다. 그나저나 정말 원하는 걸 얻을 때까지 계속할 셈인가. 규칙을 바꿔서라도 얻겠다는 건가. 그런데 규칙을 바꿀 수…… 있어?

"도서관 규칙은 누가 정한 거야? 사서 선생님?"

"김보라 선생님은 아니야. 이 학교에 부임했을 때 이미 그런 규칙이 있었고 바꾸거나 새로 만든 건 없댔어."

첫 글이 올라왔을 때 차미가 여쭤봤다고 했다. 역시 차미는 빈틈이 없다.

"그럼 김보라 선생님은 그 규칙에 책임이 없는 거네."

"그렇진 않지. 도서관 담당자니까."

그런가. 도서관을 관리한다는 건 잘 정리된 책장과 달리 복잡하고 미묘하구나.

"다른 학교 도서관들도 도서 신청 규칙이 있겠지?"

"응, 성운고 다니는 도서부 친구에게 물어봤더니 우리 학교랑 비슷하더라. 달마중 도서관의 경우는 신청 제외 도서가 좀 더 자세하게 지정되어 있어."

역시 차미. 내친김에 나는 달마중 도서관 홈페이지에 들어가 신청 제외 목록을 훑어봤다. 차미 말대로였다. '문제집, 수험서, 대학 교재, 판타지, 로맨스, 무협지, 성인 만화, 연속 간행물과 전집'을 비롯해 '미풍양속 문제를 유발할 수 있는 유해 도서, 정치 목적·개인적 성향이 강한 종교 서적', 심지어 '정가 5만 원 이상 도서와 발행된 지 5년 이상 경과한 도서' 등등, 다양하고 구체적이었다.

"우리도 목록을 하나하나 정해 놓으면 되겠네. 무협지 제외, 이렇게."

"그럼 또 왜 무협지는 안 되냐고 항의하겠지. 항아리야, 뭐야."

나는 오란의 말에 풋, 웃고 말았다.

"그런데 달마중 도서관에 전집도 여러 종류 있고 판타지 소설 시리즈도 많거든. 아예 안되는 게 아니라 신청하면 심의를 거친 뒤 결정하나 봐."

차미가 안경을 콧등으로 살짝 밀어 올리고 말했다.

"누가 심의하는데?"

"도서관 자료 선정 위원회라고 홈페이지에 적혀 있어."

자료 선정 위원회는 주로 책과 도서관에 관심이 많고 지식과 경험이 풍부한 전문가들과 주민들로 구성된다고 한다. 그렇다면 역시 규칙 자체보다 결정하는 사람들의 판단에 달렸다는 말인가. 흠.

"나는 무협지는 안 읽어 봐서 잘 모르지만 말이야, 괜찮은 작품도 있지 않을까?"

"폭력적이지도 선정적이지도 않은 무협지? 순한 맛 청양고추 치킨이야, 뭐야."

그건 안 느끼한 크림파스타, 달지 않은 도넛, 뜨거운 아이스 아메리카노, 담백한 치즈돈가스 같은 소리라고 오란이 숨도 안 쉬고 줄줄이 읊어 댔다.

"내용도 그렇지만 무협지는 아무래도 연재물이 많으니까 한두 권으로 끝나지 않겠지. 그러다 보면 도서관에서 무협지가 차지하는 지분이 꽤 늘어날 거고."

차미 말도 일리가 있다. 선생님의 답변에도 그런 언급이 있었다. 도서관은 한정된 예산과 공간으로 유지되므로 원하는 책을 모두 비치할 수 없다고. 하지만 여전히 미심쩍다.

"그럼 시리즈로 이어지는 소설들은? '빙과' 시리즈나 애거서 크리스티 전집은 되고 무협지는 안 된다면 박승태 말대로 부당한 거 아니야? 그리고 말이야, 애거서 님 소설 『그리고 아무도 없었다』는 살인 방법이 꽤 잔인하지 않아?"

오란이 코 평수를 넓히고 콧바람을 거칠게 내뿜으며 한 마리 코뿔소처럼 씩씩댔다.

"녹주, 고귀하신 애거서 크리스티 님의 이름을 욕되게 하지 마라. 그 말 취소하지 않는다면…… 우리 사이에 남은 것은 결투뿐이다."

오란이 바나나우유 팩에서 빨대를 빼 들었고 나도 기꺼이 딸기우유 팩에서 빨대를 뽑았다. 부신 빛에 잘근잘근 씹은 빨대가 하얗게 빛나고 고귀하신 애거서 크리스티 님을 향한 충정으로 가득 찬 눈동자가 무섭도록 이글거렸다. 월하광인이 어떤 모습인지 잘 모르지만 태양 아래 광인은 바로 눈앞에 있었다.

"덥지 않아요?"

갑자기 들려온 목소리. 결투는 즉시 중단되었다. 우리는 목소리의 주인공을 올려다보았다. 해를 등지고 있어 일순 눈이 컴컴해졌다. 후광에 싸인 희미한 실루엣. 눈이 부셨다. 우리는 후다닥 일어나 외쳤다.

"안녕하세요!"

교장 선생님이었다. 커다란 챙에 커튼처럼 꽃무늬 천을 드리운 모자를 쓰고 한 손에는 호미를, 한 손에는 바구니를 들고 있는 걸 보니 교장 선생님이 분명했다.

"여기서 학생들을 보니 반갑네요. 화단에는 잘 안 오던데. 참 좋은데 말이죠. 잔디도 푸르고 꽃도 예쁘고. 아, 꽃을 깔고 앉았네요?"

우리는 앉았던 자리를 살폈다. 궁둥이 아래 기절해 있는 초록색 잎들. 아무리 봐도 풀인데 꽃이었던 모양이다.

우리 학교에서 교장 선생님의 취미를 모르는 사람은 없다. 교장 선생님은 점심시간이면 어김없이 꽃무늬 모자를 쓰고 화단에 꿇어앉아 있곤 했다. 교장 선생님과 이렇게 말을 나눈 건 처음이었다. 어쩌다 복도에서 마주쳐 인사를 하면 교장 선생님은 고개를 끄덕여 주긴 하지만 마치 못 볼 걸 본 사람처럼 눈을 허공으로 돌리고 재빨리 교장실로 향했다. 인간 알레르기가 있다는 얘기가 돌았다. 선배들로부터 전해 내려오는 별명은 마녀 할멈, 유래는 잘 모른다. 뭔가 이유가 있으니 생긴 별명일 텐데 전설은 사라지고 명성만 남은 셈이다. 그런데 눈앞에 교장 선생님을 마주하니 대번에 이해했다. 정성 들여 키운 꽃을 깔아 뭉갠 우리에게 선생님은 미소를 지어 보였지만 눈은 전혀 웃지 않고 입가에 가벼운 경련이 일었다. 갑자기 떠오르는 얘기가 있었다. 『헨젤과 그레텔』. 누가 자기 집을 마구 뜯어 먹으면 마녀 아니라도 분노가 치미는 게 당연하겠지.

"천천히 즐겼다 가세요. 먹은 건 치우고 가겠죠?"

교장 선생님은 우리가 깔고 앉은 꽃에서 눈을 떼지 못했다.

우리는 우유 팩과 과자 봉지를 주섬주섬 챙겨 꾸벅 인사를 하고 풀을 아니, 꽃을 밟지 않기 위해 뒤꿈치를 들고 최대한 조심해서 화단을 빠져나왔다. 살짝 뒤돌아보니 우리가 앉았던 자리에 꽃무늬 모자가 바삐 움직이고 있었다.

쓰레기장에 빈 우유 팩과 과자 봉지를 버리고 나서 그런데 말이야, 하고 오란이 말을 꺼냈다.

"보기보다 단순한 문제가 아닐 수도 있어."

"응? 뭐가?"

"그 홈페이지 글 말이야."

글 때문에 이미 뒤죽박죽 복잡해졌는데 더 복잡할 수 있다고?

"무슨 소리야?"

"그 글. 박승태가 쓴 게 아니라는 얘기가 있어."

"그럼 누가 썼는데?"

그건 뭐 아직,이라고 오란이 얼버무렸다. 아는 것 같다. 다른 질문을 던져 보았다.

"다른 애가 왜 박승태 이름으로 글을 올려?"

"거 뭐냐, 이유가 있겠지."

"그러니까 그 이유가 뭐냐고?"

난들 아냐, 하고 오란이 어깨를 으쓱해 보였다. 아니, 오란은 알고 있다. 오란은 거짓말하면 티가 난다. 눈동자가 불안하게 흔들리고 콧김을 거칠게 내뿜는다.

박승태가 아닌 누군가가 박승태 이름으로 글을 올렸다. 진짜 글쓴이는 정체를 드러내고 싶지 않다. 그런데 박승태의 신청 도서를 빌미 삼아 문제를 일으키고 싶다. 박승태는 이름을 빌려준 대가를 얻겠지. 굳이 이렇게 복잡하고 시끄럽게 일을 벌인 이유는 아무래도 하나밖에 없다.

"원하는 게 있어. 하지만 그게 단지 '월하광인'은 아니야. 맞지?"

내가 묻자 오란은 대답 대신 바람을 후 불어 앞머리를 갈랐다.

"사람을 움직이는 동력은 증오에서 시작되는 경우가 많지."

차미가 말했다. 때마침 태양 광선이 명중한 차미의 안경 유리가 하얗게 빛나고 나는 무언가 떠오를 것 같았다.

증오? 그렇다면. 내가 입을 열려는 순간, 점심시간 끝나는 종이 울렸다. 우리는 정신없이 뛰기 시작했다.

도서관에서 책을 찾고 있었다. 800번 문학 책장. 하지만 찾을 수 없다. 죄다 책등이 뒤로 가게 꽂혀 있어 제목이 보이지 않는다. 도대체 누구 짓이지? 화가 치민다. 한 권, 한 권 뽑아서 확인할 수밖에 없다. 맨 위 칸부터 차례차례. 초조해진다. 시간이 없다. 어둑해서 잘 안 보인다. 더듬더듬 책을 찾는다. 그런데 내가 찾는 책이 뭐지? 갑자기 눈앞이 컴컴해지고 책장이 좌우로 흔들린다. 지진? 아니다. 마치 살아 있는 생물처럼 책장이 움직인다.

나는 깨닫는다. 이곳은 도서관이 아니다. 누군가의 방이다.

벽은 온통 책장이고 책이 가득 꽂혀 있다. 누구의 방이지? 무슨 소리가 들려온다. 음산하고 나직한 소리. 책장 뒤. 그르렁대는 섬찟한 소리가 뒤편에서 울린다. 비릿한 냄새가 훅 풍긴다. 눈앞은 암흑이다. 너무 어두워 눈을 감고 있는지 깜박여 본다. 그 순간 책장에서 어둠보다 더 어두운 것이 튀어나오고 나는 뒤로 나동그라진다. 두려움에 질려 비명도 지르지 못한다. 도망쳐야 하는데 꼼짝할 수 없다. 팔다리를 버둥거리지만 소용없다. 어둠 속에 빨갛게 빛나는 눈이 다가오고 나는 이건 꿈이라고, 꿈에서 깨어나야 한다고 생각하며 온 힘을 다해 악을 쓰지만 목소리는 나오지 않는다. 검은 존재가 나를 덮쳤다.

"요즘 뭐 스트레스 받는 일 있어?"

꿈 얘기를 하자 차미가 걱정스러운 얼굴로 내 눈을 슬쩍 살폈다. 아마 속눈썹을 확인했겠지. 나는 한때 한쪽 속눈썹이 사라진 적 있고 차미는 말은 안 했지만 스트레스 때문이라고 추측한 것 같다.

"설마. 없을 리가."

오란이 대신 답했다. 오란은 스트레스는 숨 쉬기와 마찬가지로 자연스러운 현상이라고 했다. 오늘만 해도 눈을 뜬 순간부터 지금까지 끊임없이 스트레스를 받는 중이라며 증명이라도 하듯이 곰 젤리를 하나 입에 넣었다. 오란은 평소 단 것과 매운 것이 힘의 원천이라고 믿고 있으며 쉴 새 없이 힘을 보충

하는데, 최근 새로운 곰 젤리를 발견하고 신세계를 접했다. 귀엽다기보다는 다소 뚱한 표정의 곰 젤리는 산타클로스의 고향, 숲과 호수의 나라 핀란드의 최고 인기 간식이라는데, 오란의 재산을 탕진하는 주범이었다. 어찌나 먹어 대는지 심지어 점점 곰 젤리를 닮아 가는 것 같다. 사양했지만 오란은 내 손에도 곰 젤리를 야무지게 쥐어 줬다.

어젯밤 꿈에 나온 방은 아무래도 오란의 방이 아닐까 싶고 자꾸 이상한 꿈을 꾸는 건 오란의 집에 가고 싶어서인가 했지만 그런 생각은 한 적 없는데, 하며 무심코 곰 젤리를 입에 넣었다. 입 안에서 펑펑, 지옥에서 올라온 불덩이가 터졌다. 맵고 쓰면서 진흙과 재 맛이 나고 뒷맛은 달큰한 게 어딘가 수상하고 괴상하고, 한마디로 악마의 맛이다. 숲과 호수를 사랑하는 사람들이 왜 이렇게 끔찍한 맛을 좋아하는지 모를 일이다. 눈물을 찔끔 흘리며 고개를 돌리자 푸른 하늘과 바다가 맞닿은 수평선을 배경으로 야자수가 시원하게 뻗어 있었다. 선생님의 컴퓨터 화면이었다. 선생님은 야자수 그늘이 드리운 먼 나라로 떠나고 싶은 마음일까.

이틀 만의 도서관이었다. 차미가 점심시간 당번이었다. 고작 하루 안 왔을 뿐인데 입 안에 가시가 돋는 것 같았다. 며칠 북새통이던 도서관은 좀 잠잠해졌지만 여전히 세계 명작 전집이 꽂힌 책장에 애들이 얼쩡거렸다. 분명 폭력적이고 선정적인 책을 찾는 중이리라. 1학년 학생이 '아무나 페미니스트가 된다'를 찾기에 그런 책은 없고『우리는 모두 페미니스트가 되어야 합니다』는 전부 대출 중이라고 차미가 알려 줬다. 1학년은 대출 예약을 하고 돌아갔다. 전혀 팔리지 않다 뒤늦게 베스트셀러가 되는 책도 있다더니 1학기 권장 도서가 이제야 관심을 끌게 되었으니 참 알다가도 모를 일이었다.

"전교생에게 투표로 물어보면 어때?"

말하는 순간 별로 좋은 방법이 아니라는 생각이 들었다.

대세는 규칙이 잘못이라는 분위기였다. 전교생이 애용하는 우리 학교 '대전'이란 인스타그램 계정에서도 확실히 알 수 있었다. 계정에 홈페이지 글을 복사해 찬반 의견을 묻는 포스팅이 올라오자마자 빠르게 댓글이 달렸다. 도서관 규칙을 옹호하는 입장도 간혹 있었지만 그 아래 반박 댓글이 빗발쳤다. 도서부에서도 찬반이 갈렸다. 규칙에 반대하는 쪽이 많았다. 내놓고 반대하지 않는 애들도 비치 도서가 다양해지리라고 은근히 반기는 눈치였다.

당연하다. 누가 규칙 따위를 좋아하겠는가. 게다가 무언가를 금지하는 규칙인데. 물어보나 마나 결과는 뻔하다. 내게 투표권을 준다면……. 도서부원이 아닌 나는 반대표를 던질 가능성이 크다. 하지만 지금은 잘 모르겠다. 어렴풋이 알게 된 건 내가 약간, 아니 무척 도서관을 좋아한다는 사실이다. 『우리는 모두 페미니스트가 되어야 합니다』와 하퍼 리의 『앵무새 죽이기』, 스콧 니컬슨의 『뱀파이어 유격수』, 코니 윌리스의 『여왕

마저도』가 꽂혀 있는 책장이 좋다. 그건 뭐랄까, 어딘가 든든 해지는, 균형 잡힌 세계 같았다.

한번은 내가 책을 대출하려는데 사서 선생님이 흐음,이랄 까 끙, 하는 소리를 내더니 안절부절못했다. 혹시 화장실이 급 한가 했는데 선생님은 꾹 참는 표정을 짓고는 대출해 줬다. 그 러곤 며칠 후 반납했을 때 어땠어? 하고 무심하게 물었다. 좋 았어요, 답하자 선생님의 얼굴에 미소가 번지더니 그렇지? 하 고 기쁜 표정을 감추지 못했다. 업무에 시달려 눈가가 거뭇하 고 얼굴이 누렇게 떠 있어도 선생님은 신간이 들어오면 생기 가 돌았다. 책에 대한 학생의 질문에 답하는 목소리는 부드럽 기가 극세사 담요 같고 우리가 막 정리를 마친 책장을 바라보 는 눈빛은 예사롭지 않았다. 그런 눈동자를 오란이 보내 준 동 영상에서 본 적 있다. 배불리 먹고 잠든 새끼를 보는 엄마 고 양이처럼 한없이 다정하고 세상 뿌듯한 표정이었다. 그런 마 음일까. 도서관을 지키는 마음은. 밤하늘에 소리 없이 빛나는 별들을 올려다보는 마음과 비슷할까.

"선생님이 조만간 결정하겠지?"

내 질문에 차미가 고개를 저었다.

"그렇게 처리될 문제는 아니야. 아마 학교 도서관 운영 위원 회가 열릴걸."

"그런 게 있어?"

학교 도서관 운영 위원회. 도서관 운영 계획을 심의하고 결정하는 조직이다. 예산 책정, 구입하고 폐기할 자료 검토, 각종 도서관 행사와 활동 등을 의논하는데, 교사와 학부모, 외부 독서 교육 전문가를 포함해 열 명 이내로 구성된다. 우리 학교는 교감 선생님을 위원장으로 교과부장 선생님 여섯 명과 학부모 위원과 외부 위원 각 한 명, 그리고 사서 선생님, 모두 열 명으로 구성돼 있다고 차미가 알려 주었다. 외부 위원은 이웃 고등학교 사서 선생님이다. 위원회는 보통 학기에 두 번 열리고 필요에 따라 소집된다.

"지금이 그 필요한 때겠지."

차미의 말대로였다. 박승태의 글에 답변이 달렸다. '학교 도서관 운영 위원회에서 안건을 검토하고 결정하겠다'는 내용이었다. 그리고 얼마 후 회의가 열렸다.

어른 열 명이 모여 도서관 규칙에 대해 검토하고 결정한다. 결과는 뻔하지 않은가. 애초에 어른들이 만든 규칙이다. 굳이 규칙을 바꾸면서까지 학생 편을 들어줄 리 없다. 게다가 폭력적이거나 선정적, 적절치 못한 내용이 담긴 책을 권할 어른이 어디 있겠는가. 규칙은 바뀌지 않으리라고 나는 거의 확신했다. 하지만 이번에도 예상은 빗나갔다.

위원회는 규칙이 부당하다고 결론 내렸다. 학생의 자유와 자율성을 침해할 가능성이 있다는 이유였다. 놀랐다. 학생의 자유와 자율성을 이렇게 존중해 주는데 교복 대신 생활복을 입게 해 달라는 요구는 왜 줄곧 무시했을까. 어른들이란 진짜 엉망진창이다. 그렇게 규칙은 폐지됐다. 박승태가 그토록 원하던 무협지도 드디어 도서관 한자리를 당당히 차지할 수 있게 됐다.

위원회의 결정이 알려지자마자 박승태가 의기양양하게 나타났다. 친구들과 함께였다. 박승태는 '월하광인' 1부 1권을 신청했다. 도서 신청은 한 사람당 일주일에 한 권이 원칙이다. 박승태의 친구들이 가세해서 순식간에 '월하광인' 1부와 2부 스무 권을 신청했다. 그동안 비치 불가했던 책 신청이 폭발적으로 이어졌다. 도서부에 들어온 후로 이렇게 도서 신청이 많은 건 처음 봤다. 2주쯤 뒤에 드디어 '월하광인' 스무 권이 도서관에 도착했다. 그리고 뜻밖의 인물이 방문했다.

"안녕하세요?"

교장 선생님이었다. 꽃무늬 모자는 쓰지 않았지만 교장 선생님이 분명했다. 예기치 않은 방문이었던지 사서 선생님은 인사도 잊고 어, 하며 자리에서 엉거주춤 일어났다. 교장 선생님은 앉으라는 시늉을 하고는 도서관을 쓱 둘러보았다.

"여긴 언제 와도 참 좋네요. 조용하고."

거짓말. 내 기억에 교장 선생님을 도서관에서 본 건 처음이다. 도서관에는 웬일일까. 대장이 나타나면 별로 좋은 조짐이 아니라는 게 그동안 소설과 영화에서 얻은 교훈이었다.

"에, 또, 그러니까 내가 책을 참 좋아하는데 말이에요."

교장 선생님은 마치 조회 시간에 훈화할 때처럼 어색하게 말했다. 사실 우리 학교는 전교생 조회도, 교장 선생님 훈화도 없다. 딱 한 번 있긴 했다. 입학식 때였다. '환영합니다. 에, 또, 학교생활은 딱히 좋은 것도 없지만 어쨌든 무사히 졸업합시다.' 대충 그런 내용이었다. 일단은 '이게 다야?' 싶게 짧다는 데 놀라서 내용도 좀 이상했다는 건 나중에 깨달았다.

"그게 말이죠, 교장실에 아주 큰 장식장이 있어요."

사서 선생님이 이게 무슨 소린가 싶은 얼굴로 교장 선생님을 바라봤다.

"막 번쩍번쩍해요. 마호가니인가 티크인가 그렇다더라고요. 분명 꽤 비싸게 샀을 거예요. 내가 사지는 않았지만."

아, 네, 하고 사서 선생님은 여전히 어리둥절한 표정으로 대답했다.

"내가 얼마 전에 교장실 청소를 했어요. 먼지나 좀 털려고 했는데 하다 보니 대청소가 돼 버렸지 뭐예요. 필요 없는 건 다 버리고 장식장 안도 싹 정리했죠. 너무 열심히 했는지 장식장이 텅 비어 버렸어요."

교장 선생님이 웃겨 죽겠다는 듯한 표정을 짓다 갑자기 정색했다.

"텅 빈 장식장을 보니까 역시 허전하더라고요. 마호가니인지 티크인지 장식장의 입장에서도 제 역할이 있고 맡은 바 임무를 다하는 편이 아무래도 자랑스럽지 않을까 하는 생각이

들었죠. 그렇지 않나요?"

사서 선생님은 장식장의 기분 같은 것을 생각하는지 얼떨떨한 얼굴로 대답마저 잊었다.

"그래서 말인데요, 장식장에 뭘 두면 좋을까요?"

교장 선생님은 퀴즈를 내듯 사서 선생님과 우리를 둘러보았다. 정확히 말하면 시선의 위치는 우리 정수리쯤이었다. 사서 선생님과 차미와 오란과 나는 눈동자만 또르르 굴려 서로를 바라보았다. 시간은 흐르고 뭐라도 대답해야 할 듯해 초조하고 정수리가 점점 뜨거워졌다. 전화 찬스라도 쓰고 싶은 기분이었다.

"트, 트로피?"

오란이었다. 교장 선생님의 눈이 반짝였다. 정답인가?

"트로피. 아주 좋은 생각이에요."

오란의 헬멧 같은 앞머리쯤에 눈길을 두고 교장 선생님이 말했다.

"하지만 제가 상을 받은 적이 없어서."

안타깝게 오답이었다.

"트로피 말고는 없을까요? 진열해 두면 보기 좋고 내 취향을 반영할 수 있는 거라면 금상첨화일 텐데 말이죠."

이제야 알았다. 이건 답이 정해져 있는 문제였다.

"책을 좋아한다고 하지 않으셨어요?"

차미가 말하자 허공을 떠돌던 교장 선생님의 눈길이 차미의 머리 위로 부드럽게 착지했다.

"그럴까요? 책, 좋네요. 보기도 좋고 내가 마침 책을 참 좋아하고. 도서관은 새 책이 늘 들어오는데 공간은 제한되어 있잖아요. 그러니까 남는 자리를 좀 이용하는 게 에, 또, 그리 나쁘지 않은 생각인 것 같네요. 책을 도서관에만 꽂아 둬야 한다는 규칙은 없죠?"

사서 선생님이 얼빠진 표정으로 교장 선생님을 바라보다 아아, 자신 없는 목소리로 대답했다.

"이미 꽂혀 있는 책들을 옮기려면 귀찮은 일이니까 아무래도 신간이 좋겠죠?"

그 순간 선생님의 눈이 크게 열리며 반짝 빛났다.

"그런데 부탁이 있어요."

교장 선생님이 차미와 오란과 내 정수리에 차례로 눈길을 주었다.

"장식장에 꽂아 둘 책은 도서부원들이 골라 줬으면 좋겠어요. 괜찮을까요?"

괜찮은지 어떤지 판단할 겨를도 없이 우리는 고개를 끄덕였다. 빨리 퀴즈를 끝내고 싶었기 때문이다.

"그럼 잘 부탁해요."

교장 선생님은 가볍게 고개를 숙여 보인 뒤 훌쩍 떠났다. 그리고 그 순간 우리는 교장실 장식장에 꽂을 책을 결정했다.

다음 날 점심시간에 박승태가 '월하광인'을 대출하러 도서관에 왔다. 이번에도 친구들과 함께였다. 신청한 사람에게 가장 먼저 대출해 주는 게 규칙이었다. 신간이 도서관이 아닌 교장실에 있고 그러므로 교장실에 가서 대출해야 한다는 사서 선생님의 안내에 박승태의 표정이 일그러졌다. 그런 법이 어딨냐는 불만 섞인 목소리에 선생님이 상냥하게 말했다.

"책이 아주 근사한 장식장에 꽂혀 있어. 아마 마호가니인가 티크인가 그렇다던데."

문을 발로 차고 나간 박승태는 할 수 없다는 듯 교장실로 향했다. 같이 온 친구들은 뒷걸음치더니 그대로 내빼 버렸다. 그 대신 오란이 동행했다. 대출 절차를 위해 도서부원도 함께 와 달라는 교장 선생님 부탁 때문이었고 그날 당번은 오란이었다. 몇 명이라고는 말하지 않았기에 차미와 나도 따라갔다. 무슨 일이 생길지 알 수 없기도 하고 그보다는 무슨 일이 생긴다면 절대 놓치고 싶지 않아서였다.

조심스럽게 노크하자 잠시 뒤 교장실 문이 열렸다. 문 사이로 무표정한 얼굴이 나타났다. 교장실은 굳이 좋은 쪽으로 말하자면 고풍스러웠다. 터무니없이 크고 우람한 가죽 소파가 양쪽으로 길게 놓여 있고 중앙에는 수상할 정도로 등받이가 높은 일인용 소파가 우뚝 자리 잡았다. 그 뒤로 진회색 커튼을 길게 늘어뜨린 커다란 창을 등지고 육중한 책상이 놓여 있었다. 창으로 환하게 햇살이 쏟아지는데도 이상하게 침침한 느낌이었다. 가구가 거무튀튀해서만은 아니었다. 바닥에 깔린 붉은색 카펫이 다소 생뚱맞게 보였다.

교장 선생님의 안내로 우리는 소파에 나란히 앉았다. 셋이 앉아도 자리가 넉넉히 남았는데 잠시 망설이던 박승태는 맞은편 소파를 택했다. 등받이 윗부분과 손잡이에 꿈틀대는 용이 조각된 일인용 소파에 앉은 교장 선생님은 마치 왕좌를 차지한 왕 같았다.

있었다. 우리 맞은편으로 교장 선생님이 말했던 마호가니인지 티크인지로 만든 검붉은 장식장이 위풍당당하게 서 있었다. 벽을 온통 차지할 만큼 크고 높은 장식장은 과연 반짝반짝 광택이 흘렀다. 트로피나 각종 상패를 전시해 두면 딱 어울릴 법했지만, 유리문이 달린 선반은 텅 빈 채 오직 중앙에 '월하광인' 스무 권만이 가지런하게 꽂혀 있었다. 두리번거리던 박승태도 발견하고 눈을 빛냈다.

"차 괜찮죠?"

교장 선생님이 물었다. 그러고는 벌떡 일어나 커다란 쟁반을 내왔다.

거의 세숫대야만 한 그릇과 냉면 그릇 크기의 대접과 찻잔과 접시와 도통 용도를 알 수 없는 도구들이 테이블 위에 한가득 놓였다. 교장 선생님은 물을 끓여 주둥이가 뾰족한 그릇에 부어 놓고 소파에 등을 기댔다. 억만년 정도 시간이 흐른 것 같았다. 희미하게 운동장에서 떠드는 소리가 들려오고 방 안에는 간간이 박승태의 한숨 소리만 났다. 혹시 교장 선생님은 준비만 할 뿐 차는 우리가 우려야 하는 게 아닐까, 의심이 들 즈음 선생님이 문득 떠올랐다는 듯이 입을 열었다.

"물이 식기를 기다려야 해요."

우리는 그러면 식기라도 하듯 물이 담긴 그릇을 노려보았다. 다시 영겁의 시간이 흘렀다. 한숨 소리가 거푸 들렸다.

연하게 피어오르던 김이 사라지고 교장 선생님이 식은 물을 세숫대야만 한 그릇에 부었다. 그러고는 둘둘 만 휴지처럼 생긴 것을 나무집게로 집어 담갔다. 휴지가 서서히 풀리자 조심스럽게 펼치기 시작했는데 메스를 잡은 의사처럼 조심스럽고 신중한 동작에 절로 숨죽이게 됐다. 잠시 뒤에 물 위로 떠오른 것에 나는 속으로 탄성을 지르고 말았다. 차미와 오란도 놀란 듯 바라봤다.

"연꽃차예요. 마셔 본 적 있나요?"

그럴 리가. 꽃을 세숫대야에 담가 마시는 건 상상도 해 본 적 없다. 교장 선생님은 향이 우러나야 한다고 했다. 다시 무한의 시간이 흘렀다. 하얀 꽃이 완전히 피어났다.

각자 앞에 찻잔과 납작한 알약 같은 것을 올린 접시가 놓였다. 교장 선생님이 가르쳐 준 대로 찻잔을 코에 대고 향을 맡은 뒤 한 모금 마셨다. 연꽃차는 이른 아침에 봉오리를 따서 만드는데, 피를 맑게 해 주고 독소를 배출하며 이뇨 작용으로 변비를 없애 주고 마음을 안정시켜 불면증에도 효과가 있으며 피부까지 깨끗하게 해 준다는, 만병통치약을 방불케 하는 효

능을 들으며 우리는 차를 홀짝거렸다. 명의가 출연한 건강 정보 방송을 틀어 놓은 버스에 탄 기분이었다. 버스는 중간에 내릴 수도 없고 목적지까지 쉬지 않고 질주한다. 휴게소에 들르지 않는다는 게 가장 무서운 점이다. 잔은 비우기 무섭게 채워져 석 잔을 거푸 마시고 나자 과연 뛰어난 이뇨 작용 덕분인지 나의 방광은 자신의 존재를 슬슬 주장하기 시작했다. 다리를 꼬는 걸 보니 오란의 상태도 심상치 않았다.

"맛이 어때요?"

교장 선생님이 차미에게 물었다. 맛이 있다면 있다고도 할 수 있지만 딱히 무슨 맛이라고 할 수 없는 맛, 굳이 찾자면 햇볕에 이틀 널어 말린 수건 같은 맛이라고 할까. 물론 수건을 맛본 적은 없지만 그런 느낌이다. 차미는 은은한 향이 좋다는 답으로 난해한 문제를 수월히 풀어냈다.

"속이 편해진 것 같지 않나요?"

이번엔 훨씬 쉬운 문제였다. 네, 흔들림 없는 매트리스처럼 아주 편합니다,라고 오란이 눈도 깜짝하지 않고 답했다. 과장해서 아첨을 떨다니 어이가 없었다. 아무래도 차의 부작용 탓 같다. 아니면 아무 말이라도 해서 빨리 여기서 빠져나가고 싶거나.

"다식은 입에 맞나요?"

아, 이게 다식이라는 거구나. 송홧가루와 꿀을 반죽해 만들었다고 했다. 살짝 단맛이 나는 분필 가루를 먹는 느낌이었지만 나는 맛있다고 대답했다. 정답인 줄 알았는데 교장 선생님은 알쏭달쏭한 미소를 지어 보였다.

"학생은 꿈이 뭔가요?"

맛과 향, 매트리스를 잇는 답변을 준비하고 있던 박승태는 뜻밖의 질문에 당황하는 기색이 역력했다.

"꿈은 너무 추상적이죠. 그럼 장래 희망이라고 할까요?"

박승태는 머뭇거리다가 아, 아직 모르겠다고 대답했다. 교장 선생님은 고개를 끄덕이더니 선택 과목은 뭘 듣는지, 관심 분야는 무엇인지, 원하는 대학과 전공은 있는지, 장차 어떤 사람이 되고 싶은지, 취미는 있는지, 주말에는 뭘 하며 지내는지, 좋아하는 가수와 노래와 음식까지 끊임없이 물었고, 어떤 질문에는 머리만 긁고 어떤 질문에는 가까스로 대답하던 박승태는 얼굴이 점점 흙빛으로 변해 갔다. 막 다섯 번째 잔을 비웠을 때 점심시간 끝나는 종이 울렸다.

'월하광인'을 손에 쥐고 문을 나서는 박승태는 넋이 나간 표정이었다. 어깨를 축 내려뜨리고 좀비처럼 걷는 박승태를 오란이 불렀다. 뒤돌아본 박승태에게 책은 2주 이내에 다 읽고 교장실로 반납하면 된다고 일러 줬다. 박승태가 절망스러운 표정으로 고개를 끄덕였다. 비틀거리며 걸어가는 박승태를 오란이 다시 불러 세워 교실은 반대 방향이라고 알려 줬다. 박승태가 뭐라고 중얼거렸는데 아마도 고맙다고 한 것 같았다.

며칠 뒤에 '월하광인' 1부 1권이 도서관 반납대에 슬쩍 놓여 있었다. 대출은 더 이상 없었다. 그 뒤로 차미와 오란과 나는 몇 번 더 교장실에 신간을 꽂으러 갔다. 그때마다 교장 선생님은 차 괜찮냐고 물었다. 꽃송이버섯차는 약간 야릇한 맛이었는데 함께 먹은 약과가 맛있었고, 백차에는 월병이라는 중국 과자를 곁들였다. 국화차와 타래과를 먹으면서 오란은 어제 본 유튜브 동영상 속 고양이 얘기를 했고 교장 선생님은 왕좌 같은 소파에 기대어 눈은 허공에 둔 채 어색한 얼굴로 우리가 떠들게 내버려 두었다. 교장실에는 호박색 햇살이 퍼졌고 국화 향이 떠돌아 우리는 오래된 왕국의 전설 속에 들어와 있는 기분이었다.

내 예상은 어김없이 빗나갔다. 도서관이 폭력적이거나 선정적이고, 적절치 않은 내용이 담긴 책으로 뒤덮이는 일은 일어나지 않았다. 교장실의 번쩍거리는 장식장 선반은 두 칸도 채우지 못한 채 비어 있다. 『우리는 모두 페미니스트가 되어야 합니다』는 도서관에서 제일 잘 보이는 위치에 꽂혀 있다. 규칙 논쟁이 불붙었을 때만큼은 아니지만 꾸준히 읽힌다. 세상은 예상대로 되지 않는 것 같다.

점심을 먹고 서둘러 차미가 당번 서고 있는 도서관으로 가던 중이었다. 화단을 지나다 문득 생각나는 게 있어 오란에게 물었다.

"저기 잔뜩 성난 닭 벼슬처럼 생긴 꽃 말이야."

오란이 고개를 돌려 보고는 아아, 맨드라미! 하고 의기양양
하게 외쳤다. 무리 지어 피어 있는 붉은 꽃은 묘한 느낌이었다.
멀리서 보면 흥건히 넘쳐흐르는 선홍색 피 같기도 하다.

"너 그때 저기서 누구랑 같이 있었어?"

단숨에 오란의 콧구멍이 커졌다.

"무, 무슨 소리야?"

일단 부정. 예상했던 바다. 나는 대답할 시간을 줬다.

"너 또 꿈꾼 거야?"

오란은 가까스로 어색한 웃음을 지었다. 거짓말이다. 오란
은 거짓말하면 티가 난다. 불안한 눈동자, 확장되는 콧구멍, 거
친 콧바람, 머리까지 귀 뒤로 넘겼다면 빼도 박도 못할 증거다.
내가 물은 '그때'는 위원회의 결정이 난 직후다. 틀림없이 나
는 봤다. 저 핏물 같은 꽃 사이에 교장 선생님과 함께 앉아 있
던 오란을. 내 시력은 꽤 좋은 편이다. 안타깝게도 청력은 그만
큼은 아니다. 두 사람은 얘기를 나누고 있었다. 과꽃이나 접시
꽃 얘기가 아님은 분명했다. 꽃에 대해 말하면서 그렇게 심각
한 표정일 리 없다.

"또 꽃 밟았다고 혼났냐?"

"뭐, 그런 셈이지."

오란이 씩 웃었다.

원하는 대답은 들었다. 그게 무슨 이야기였는지 모르지만
나는 짐작할 수 있다. 아마 오란은 네잎클로버 찾듯 해결 방법

을 찾고 있었고 다행히 제대로 발견한 것 같다. 어째서 우리와 상의하지 않았는지, 왜 귀띔도 해 주지 않았는지 조금 따지고 싶었지만 어쩌면 오란은 계획하거나 작정하지 않고 꽃 사진을 찍다 우연히 만난 이에게 답답한 마음을 털어놨을지도 모른다. 내 짐작은 대체로 빗나가고 나는 그게 싫지만은 않다. 예상 가능한 얘기는 지루하다.

교장 선생님은 변함없이 꽃무늬 모자를 쓰고 화단을 가꾼다. 어쩌다 복도에서 마주치면 예의 그 허공을 떠도는 눈빛으로 인사를 받고 황급히 자리를 떠난다. 교장 선생님의 진짜 취미는 화단 가꾸기도, 다도도, 독서도 아닐지 모른다. 교장실 앞을 지날 때면 나는 종종 충동에 시달린다. 호박색 빛이 번지는 어둑한 방 안, 짙은 나무색 책장 밑에서 진녹색 줄기가 뻗어나와 이리저리 뒤엉키고, 핏빛 같은 꽃이 가득 피어난 붉은 카펫이 그대로 둥실 떠올라 그 위를 타고 날아오르는 마녀의 기척을 살피려 문에 귀를 기울여 보고 싶은 마음을 억누르며 서둘러 그곳을 벗어난다. 등 뒤에서 나직한 웃음소리가 들렸다면 그건 분명 내 착각이다.

대신
전해 드립니다

♥ ◯   점심시간에 급식실 앞에서 꽈당 한 헤드셋 선배님
          귀여웠어요. 익이요.

  오늘도 어김없이 올라왔다. '좋아요' 하트가 53개. 아직 댓
글은 없다. 꽈당 한 헤드셋 선배의 귀에 '귀여웠어요.'가 전달
되는 건 시간문제다. '대전'은 뭐든 전해 준다. 빠르고, 웬만하
면 정확하게.
  우리 학교에는 공식 인스타그램 계정이 있다. 주로 공지 사
항이나 행사 등의 소식을 안내하는 계정으로, 학생회가 운영
한다. 전교생 대부분이 '팔로우' 하고 있지만 반응은 그저 그
렇다. 그리고 비공식 계정이 있다. 이름하여 '모린고 대신 전해
드립니다', 줄여서 '대전'. 이 '대전'의 인기가 엄청나다.
  대전에는 오만 잡다한 글이 하루도 빠짐없이 올라온다. 하

복은 언제 입기 시작하느냐는 질문부터 급식실에서 만두 나눠 주신 2학년 선배한테 감사하다는 인사, 등굣길에 횡단보도에서 부딪친 하늘색 자전거 탄 분에게 지각할까 봐 제대로 사과 못 했다는 사죄의 글과 점심시간에 운동장에서 고함 좀 자제해 달라는 부탁까지. '1학년 2반 정지안과 1학년 5반 정이안 쌍둥이예요?' 같은 질문은 올라오자마자 재빠르게 댓글이 달린다. '네, 둘이 쌍둥이예요.' 어이없다. 아니, 척 봐도 똑같이 생겼던데. 정 궁금하면 그쯤은 직접 물어볼 수도 있지 않나? 아무튼 대전은 진짜 별걸 다 대신 전해 줬다.

12월부터 학기 초까지는 선택 과목 교환으로 바빴다. '물리1이랑 생명1 바꿀 사람 있나요?' 하는 글들이 하루에도 몇 개씩 올라왔다. 학기 초에는 동아리 홍보로 뜨거웠다. 정규 동아리뿐 아니라 신규 동아리 개설에 대한 의견 타진과 인원 모집으로 분주했다. '1학년 여학생 배구 같이 할 사람 있나요?' 등등.

무엇보다 대전이 유명해진 건 분실물 때문이다. 휴대폰을 비롯해 에어팟과 에어팟 케이스, 고양이 인형이 달린 필통과 체크무늬 지갑, 학생증과 카드, 각종 문제집과 책, 점퍼와 교복 상의, 무릎 담요, 틴트와 핸드크림, 머리빗과 귀고리 한 짝까지 그야말로 다양하다. 분실물과 습득물의 비율이 거의 반반, 대개 사진과 함께 하루에도 몇 차례 빈번하게 올라온다. 대전에 올려야 찾을 확률이 높기 때문이다. 하지만 결정적으로 폭발적인 인기를 얻은 이유는 따로 있다. 대전에서 제일 많이 찾고,

찾아 주는 건 사람이었다.

♥ ◯　　오늘 검은색 카디건에 검은 마스크 한 분, 약간 고
　　　　양이상이고 눈동자가 예뻐요. 점심시간에 과학실
　　　　앞, 그녀가 스쳐 지나갔습니다. 익이요.

♥ ◯　　오늘 아침 학교 앞 횡단보도 급하게 뛰어가던 초록
　　　　색 후드 티 입은 2학년 선배, 여친 있나요? 익이요.

♥ ◯　　12시 30분쯤 벚나무 아래 혼자 인스타 각 잡던 오
　　　　빠 너무 잘생겼어요. 익이요.

　하루가 멀다고 애타게 사람 찾는 글들이 올라왔고 삽시간에
하트가 찍혔다. 대개 한두 시간 내에 댓글이 달린다. 댓글을 남
기는 사람이 고양이상 그녀, 초록색 후드 티, 인스타 각 오빠
본인은 아니다. '이거 너 아님?' 하고 친구가 태그 하는 게 룰.
무심하게 슬쩍 주인공의 인스타그램 계정을 남겨 둔다. 고백은
DM으로. 그렇게 해서 이어진 커플이 실제로 있는지는 잘 모
르겠다. 나는 그런 쪽 소문에 좀 어두운 편이다.
　대전은 말 그대로 '대신 전해 준다'. 대전 계정주에게 DM을
보내면 계정주가 메시지를 캡처 해서 올린다. '익이요'라고 덧
붙이면 익명 요구, 고백 DM은 100퍼센트 익명이다. '노익이
요'는 발송자를 밝혀 달라는 주문으로, 주로 동아리 안내나 분
실물 글이다. 익명을 요구하는 DM의 발신인은 오직 계정주만

안다. 계정주가 누구인지는 아무도 모른다. 추리 소설에서라면 '베일에 싸인 인물'이라고 표현할 것이다. 계정주의 정체를 밝히려는 시도는 꾸준히 있었다. 그러나 아직 오리무중이다.

"1학년은 아니야. 계정이 작년에 생겼으니까."

내 말에 오란이 흠, 하더니 곰 젤리 하나를 입에 넣었다.

수업이 끝나고 우리는 늘 그렇듯 도서관에서 만났다. 책을 정리한 뒤 100번 책장 너머에 앉았다. 햇볕이 제일 잘 들어오는 자리였다. 창으로 스며든 빛이 만든 환하고 따스한 작은 사각형 안에 옹기종기 모여 앉았다. 갑자기 날이 쌀쌀해져서 외딴섬 독방에 갇힌 죄수처럼 한 줌 햇살이 귀했다. 난방을 틀려면 한참 멀었다.

대전이 처음 생긴 건 작년 4월, 우리가 입학하고 얼마 뒤였다. 처음에는 그다지 알려지지 않았는데 2학기부터 팔로우 수가 갑자기 늘고 게시물이 폭발적으로 많아졌다. 대전이 뭘 잘 찾아 준다는 소문이 돌면서부터다. 그러니 현재 1학년은 제외, 3학년은 수능이 코앞이라 계정 관리는 무리일 듯싶다. 나도 인스타그램 계정을 만들기는 했지만 게시물을 몇 개 올리다가 비공개로 돌려 버렸다. 간혹 이상한 댓글이 달리곤 했기 때문이다. 딱히 올릴 내용이 없기도 했고. 오란의 계정에는 애거서 크리스티의 『그리고 아무도 없었다』 표지를 찍은 사진만 하나 달랑 있었는데 어느 틈엔가 비공개로 돌려 버렸다. 차미는 처음부터 비공개였다. 귀찮다고 했다. 내 계정 관리도 이렇게 귀찮은데 대전 계정주는 진짜 대단하다. 매일 쏟아지는 DM을 확인하고 올리는 게 말이 쉽지, 보통 정성으로는 불가능하다. 딱히 이익을 얻는 일도 아니다. 굳이 따지자면 공익을 위한 봉사에 가깝다.

아무래도 2학년이라는 쪽으로 기운다. 하지만 단정할 수 없다. 시간과 여유가 남아도는 태평한 3학년도 있을지 모르고 시간을 쪼개 타인을 돕는 일에 기쁨을 느끼는 변태도 없으란 법 없으니까.

"왜 꼭 우리 학교 학생이라고 생각해?"

오란의 말에 이건 무슨 소린가 싶었다.

"계정은 누구라도 만들 수 있잖아."

"우리 학교 학생도 아니면서 뭣 때문에 모린고 대전을 만들어?"

"좋은가 보지, 모린고가. 아니면 아주 싫던가."

알쏭달쏭했다.

"아이폰 쓰는 애라던데."

내가 들은 단서를 말하자 오란이 그건 헛소문이었다고 했다. 계정주로 강력하게 추정되는 애가 있었는데 갤럭시 폰을 쓰고 있었고 그 애가 아니라고 밝혀지면서 아이폰 유저라는 소문이 퍼졌단다.

"내가 계정주라면 나라고 밝히고 싶어서 못 참을 것 같아."

오란이 킬킬 웃었다.

"넌 아닌 게 확실하네. 아니, 혹시 나 빼고 차미한테만 말했냐?"

"어, 나한테만 말하더라. 곰 젤리 입에 달고 사는 헬멧 머리, 곰 같고 이상해요, 익이요."

오란이 차미를 급습하여 곰한테 한번 죽어 볼래, 하며 헤드록을 걸었고 차미는 겨드랑이 간지럽히기 필살기로 간단히 빠져나왔다. 온몸을 비틀며 웃음을 참느라 오란은 얼굴이 빨개져 거친 숨을 내쉬었다. 그러더니 급격히 당이 떨어졌다고 주머니에서 부스럭대며 곰 젤리 봉투를 꺼냈다.

"되게 과묵한 앤가. 아니면 친구가 입이 무겁나. 아니, 친구 없는 애일 것 같아. 친구 많은 애가 계정 관리할 시간 있겠어? 아, 난 됐는데."

사양했지만 오란은 군이 내 손에 곰 젤리를 쥐어 줬다. 차미도 예외 없었다.

"친구 엄청 많아도 뭐냐, 휴대폰 할 시간은 있지 않겠냐?"

오란이 미지의 세계에 대해 좀 자신 없는 표정으로 말했다. 친구는 생각보다 그디지 필요치 않으며, 필요할 때라고는 고기인 줄 알고 잔뜩 받아 온 급식 반찬이 버섯탕수일 때 대신 먹어 주거나 토할 때 등을 두드려 주는 순간 정도. 그러니 친구는 두 명, 많으면 셋까지가 적당하다는 좁디좁은 교우 관계를 지향하는 오란이었다. 버섯탕수는 내가 먹어 줬고 아직 등 두

들겨 줄 일은 없었지만 차미는 절대 하지 않겠다고 선언했다.

"아무튼 누군지 대단해. 돈이 생기는 것도 아니고 누가 시킨 것도 아닌데."

내 말에 오란이 고개를 끄덕였다.

"돈도 협박도 아니라면 이유는 하나지."

"뭐?"

"명예."

"슨생님, 추리 소설 너무 많이 보신 것 같은데요."

차미가 핀잔을 주자 오란이 흐흐흐 웃었다. 아니, 오란의 말에 어느 정도 일리가 있다.

"명예 비슷한 걸지도 몰라. 그게 그러니까, 권력 아닌가?"

내 말에 오란이 콧구멍을 넓히며 권력? 하고 되물었다.

"우리 학교는 거의 대전을 통해 돌아가는 셈이잖아. 왜 그 소설 있지, 『1984』. 빅 브라더가 모든 걸 지켜보고 통제하는 사회처럼 말이야. 계정주가 숨어서 자기 맘대로 쥐락펴락하며 엄청 재밌어 할 것 같아. 어째 좀 음침하지 않냐."

모든 DM을 다 올려 주지는 않는다. 어떤 내용을 올리고 올리지 않는지 모른다. 그건 계정주가 정한다. 욕설이나 비방 글을 올리지 않는다는 건 공지로 밝혀 두었다. 지저분하거나 수상한 글이 올라온 적도 없다. 잘 관리되고 있다는 얘기다. 계정주는 전교생에게 무한에 가까운 신뢰를 받고 있다. 그러니 심지어 '핑크핑크'한 마음까지 전해 달라고 하는 거겠지. 누군지도 모르면서 신뢰한다는 게 가능할까. 나는 자주 대전을 살펴보긴 해도 DM을 보내거나 댓글을 단 적은 없다. 어쩐지 찜찜하다. 오란의 말대로 계정주가 우리 학교와 전혀 상관없는 인물일 수도 있고 심지어 학생이 아닐지도 모른다. 물론 그럴 가능성은 낮다. 적어도 우리 학교와 관련된 인물이라고 나는 추측한다. 그럴 리 없지만 만약 선생님이라면? 어휴, 상상만 해도 오싹하다.

계정주가 밝혀지는 순간, 대전은 어떻게 될까? 대전이 그토록 인기인 이유는 계정주의 존재가 철저히 비밀이란 점 때문이기도 하다.

"빅 브라더까지는 좀."

차미가 오만상을 찌푸렸다. 오란이 준 곰 젤리가 입속에서 펑펑 터지고 있나 보다.

"녹주, 너 꽈배기야, 뭐야. 왜 그렇게 꼬였어? 그깟 권력 있으면 뭐에 쓰게?"

그건 그렇다. 권력이라 해도 전교생이 주목한다는 파워 정도다. 권력을 노렸다면 목적이 있어야 할 텐데 딱히 그래 보이지도 않는다. 2년째 열심히 선해 드리고만 있다. 정말로 공익을 위하는 선한 마음일 수도 있다. 자기 전에 귀여운 고양이 유튜브 동영상을 서너 편쯤은 봐야 하는 것처럼, 멈출 수 없는 습관일 뿐인지도 모른다. 지루한 일상을 견디려면 뭐라도 해야 하는 법이다. 더한 것을 하는 애도 있다. 예를 들면 고전 추리 소설을 읽고 또 읽는다든가.

"그러고 보니 1학기 때 대전이 좀 시끄러웠었지."

오란이 곰 젤리를 하나 입에 넣었다. 시끄러운 일이라면. 바로 기억났다.

지난 1학기 초, 작은 소동이 있었다. 우리 학교는 점심시간에 학년 순서대로 급식을 먹는다. 시작종이 울리면 3학년이 먼저, 10분 뒤에 2학년, 다시 10분 뒤에 1학년이 줄을 서는 게 규칙이다. 3학년들은 점심시간이 끝나기 20분 전, 매일 영어 듣기 평가 연습을 하기 때문이다. 그런데 이 규칙을 지키지 않는 1학년 학생들이 있었다. 바로 대전에 다소 과격한 말투로 급식 순서를 지켜 달라는 게시물이 올라왔다. 글이 올라오기 무섭게 댓글이 줄줄이 달렸다. 주로 3학년들이 1학년에게 부탁 내지는 경고하는 글들이었는데 거친 표현이 많았다. 1학년이라 추정되는 아이들의 반박도 이어졌다. 그 역시 고운 말투는 아니었다. 삽시간에 진흙탕 싸움이 됐다. 대충 잠잠해졌을 무렵, 다시 불을 붙이는 게시물이 올라왔다. '운동장에서 축구 하는 1학년 쫓아낸 3학년, 실화임? 익이요.'라는 글과 함께 운동장에 있는 여럿의 다리를 찍은 사진이 게재됐다.

순식간에 시시비비를 따지는 댓글이 달렸다. 3학년이 너무했다고 여론이 조성되는가 싶더니 이윽고 축구장 사건의 전모를 밝히는 반박 글이 올라왔다. 원래 운동장에 먼저 온 3학년이 친구를 기다리느라 1학년에게 양해를 구했는데 누가 왜 이런 글을 올렸는지 모르겠다는 내용이었다. 3학년과 1학년의 대결 구도가 되더니 다시 화제는 급식 문제로 옮아 갔다. 급기야 급식실에서도 종종 시비가 붙었다. 3학년들은 계정주에게 운동장 사진을 올린 아이가 누구인지 공개하라고 요구했다. 하지만 계정주는 어떤 반응도 하지 않았다.

이른바 '급식 전쟁'이라고 명명된 싸움으로 대전은 어느 때보다 뜨겁게 달아올랐다. 학생회가 중재에 나섰다. 급식 순서는 규칙이니 지키되, 축구장 사용은 요일별로 각 학년에 돌아가며 우선권을 주기로 했다. 공지도 물론 대전에 게시됐다. 그리고 얼마 뒤 글이 올라왔다.

♥ ♡ 　　　대전 계정주 대체 누구예요? 익이요.

기다렸다는 듯이 댓글이 줄줄이 이어졌다. 온갖 추측이 난무했지만 누구도 확실한 답을 내놓지 못했다. 계정주는 아무런 답도 하지 않았다. 다시 아무렇지도 않게 '아이팟 한쪽 잃어버리신 분', '댄스부 쇼트커트 선배 여신이세요, 익이요.' 하는 글들이 올라왔다.

급식 전쟁은 따지고 보면 대전이 싸움을 붙인 셈이었다. 급식 순서에 대한 논쟁까지는 그렇다 치고 축구장 글은 누가 봐도 싸우자는 시비였다. 글 자체에 욕설이나 비방은 없었지만 댓글이 험악해질 줄 분명 예상했을 것이다. 계정주는 막을 수 있었다. 그런데 하지 않았다.

내 말을 듣고 오란이 훅 바람을 불어 앞머리를 갈랐다.

"싸움을 붙였다기보다는, 방관 아닌가."

"계정주가 방관하면 안 되지. 길 건너 불구경도 아니고."

차미가 고개를 갸웃하더니 '길 건너'가 아니라 '강 건너'라고 했다. 아, 어쩐지 좀 이상하다 싶었다. 차미는 이럴 때 보면 참 예리하다.

"오히려 싸움을 말리고 싶은 거 아니었을까?"

차미의 말에 응? 대꾸했으나 차미는 그새 고개를 돌리고 멍한 얼굴이었다. 그거구나. '차미차미'가 또 시작됐다.

요즘 차미는 좀 이상했다. 책을 자꾸 엉뚱한 자리에 꽂고 서지 사항 입력도 실수하고 뭘 물어도 명백하게 '안 듣고 있음'이라고 쓰인 표정이었다. 어딘가 먼 곳을 바라보는 눈은 환한 대낮에도 희미하게 그늘이 드리워 한숨이 잦고, 갑자기 얼굴이 붉어졌다 이내 어두워지는가 하면 어느새 살며시 미소를 짓는 것이었다. 정신이랄까, 마음이 어디 딴 데 있는 것 같아 그럴 때 차미는 도무지 차미답지 않았다.

이상해, 이상해, 오란에게 슬쩍 말했더니 갱년기인가 했다. 차미가 갱년기일 리 없지 않냐고 했더니 그럼, 떡볶이를 먹으러 가자고 오란이 말했다. 어째서 갱년기에서 떡볶이로 귀결

되었는가, 조금 의아했지만 떡볶이는 좋았으므로 나는 두말없이 동의했다. 으응?이라는 차미의 반응에 오란의 눈썹이 평평해졌다. 드디어 뭔가 이상하다고 알아챘구나 싶었다. 오란은 앞머리를 거칠게 쓸어 넘기며 그럼, 순대볶음은 어떠냐고 물었다. 차미의 눈은 또 흐리멍덩해졌고 차미는 형체만 남겨 두고 어디론가 슬쩍 빠져나간 것 같았다. 그래서 나는 어째 차미가 희미해질 때마다 차미 아닌 차미, '차미차미'가 시작됐다고 생각했다.

오늘 오후만 해도 차미는 책을 정리하다 말고 전원 꺼진 청소기처럼 우뚝 멈춰 어딘가를 노려보았다. 취한 사람처럼 얼굴은 달아오르고 눈은 이상한 광채를 띠었다. 한참 뒤 책을 가슴에 안은 채 하아, 숨을 내쉬는데 눈빛이 공허했다. 붉게 타오르는 노을이라든가, 바람에 날려 일제히 쏟아져 내리는 벚꽃잎처럼 찰나에 빛났다 사라지고 마는, 몹시 아름다운 것을 보고 난 표정이었다. 차미의 시선이 머물던 곳을 나는 차례로 짚어 보았다. 출입문, 사서 선생님의 책상, 신간 코너, 그 옆의 의자, 다시 사서 선생님의 책상, 그리고 출입문. 유리문 너머로 멀어지는 뒷모습이 낯익었다.

오늘은 커피우유다. 커피보다 카페인 함량이 높다고 소문나서 일부러 찾아 마시지만 솔직히 효과는 잘 모르겠다. 그래도 안 마시면 불안하니까. 오늘 밤에는 결판을 내야 한다. 미뤄 둔 수학 숙제와의 한판 대결에 각오를 다지며 나는 편의점 창밖을 내다봤다. 신호가 바뀌고 건너편 학원에서 나온 아이들이 우르르 횡단보도를 건너왔다. 차미와 오란은 보이지 않았다. 나는 휴대폰 전원을 켜고 대전 계정을 열었다. 그새 또 댓글이 달렸다. 댓글은 100개를 가뿐히 넘어섰다. 사흘 전 올라온 글이었다.

♥ ◯　　　점심시간에 도서관에서 본 민트색 카디건 입은 2학년 선배, 도서부인가요? 익이요.

　드디어 올 게 왔다고 생각했다. 둥둥둥, 북소리가 울렸다.
　그동안 밴드부 기타 선배, 영화부 얼굴 천재, 댄스부 여신, 방송부 누나 등등이 대전에 호명될 때마다 우리 도서부는 언제나, 하고 시름 깊은 나날이었다. '오늘 동아리 소개 온 방송부 누나, 방송부 들어가면 볼 수 있나요? 익이요.'라는 글이 올라왔을 때는 그럼 방송부 누나가 댄스부에 있겠냐, 하고 괜히 길 위의 돌멩이를 발로 차며 비뚤어지고 싶은 심정이었다. 도서부가 인기 없는 건 인물이 없어서라는 설이 암암리에 돌았다. 그렇게 인물이 없나, 하고 둘러보고는 아하, 수긍할 뻔하다가 아니라고, 그럴 리 없다고, 도서부 애들은 늘 도서관에 있어서 눈에 띄지 않을 뿐이라고 세차게 고개를 저었다. 게다가 도서부란 딱히 역동적으로 매력을 보여 주기 참 애매하지 않은

가. 한 번에 책을 50권씩 들어 옮긴다던가, 1분 동안 잘못 꽂힌 책을 열세 권이나 찾아 낸다고 한들 누가 네, 참 멋지시네요, 하겠느냐 말이다. 그런데 드디어 도서부에도 이런 날이 온 거다. 도서부 민트남!

당장 댓글을 달고 싶었다. '네, 도서부예요! 도서관에 오면 만날 수 있어요!'

아니다. 일단은 룰을 따르는 게 자연스럽다. '너 아님?'

그런데 생각해 보니 민트남의 인스타그램 계정을 몰랐다. 민트남은 심지어 나와 같은 반이다. 하지만 계정을 교환할 만큼 친하지는 않다. 상관없다. 누군가는 댓글을 달 것이다. 빠르고 웬만하면 정확하게. 그런데 이상하게 하루가 지나도록 감감무소식이었다. 이런 적은 처음이었다. 민트남에게는 '이거 너 아님?'이란 댓글을 달아 줄 친구도 없단 말인가. 설마? 그렇구나. 민트남에겐 친구를 사귈 시간이 충분치 않았던 모양이다.

민트남은 여름 방학이 끝나고 몹시 어수선한 개학 날 전학왔다. 2학년 2학기라는 미묘한 시기에 전학이라니 흔치 않은 일이지만 사정이 있겠거니 싶었다. 먼 데서 이사 왔거나 아니면 아주아주 먼 데서 이사 왔거나. 전학생에 관한 관심은 통상 이틀을 넘지 않는다. 어마어마하게 독특하거나 무지무지 이상하지 않은 한. 담임의 소개에 잔잔하게 미소를 지어 보인 전학생을 향한 관심은 하루하고 반나절쯤으로 예상했고 실제로 그랬다. 학기 초에 게시판에 붙여 놓고 잊어버린 그림처럼 전학생은 원래 있었던 듯 조용히 지냈다. 나와는 자리가 멀찍이 떨어져 있어 따로 이야기할 기회도 없고, 그럴 필요도 없었다. 그런데 놀랍게도 전학생이 도서부에 가입했다. 늘 일이 많아 고양이 손이라도 아쉬운 도서부에서는 대환영이었다. 도서부 가입 이유를 묻는 질문에 전학생이 주뼛거리다 어, 책을 많이 읽으면 좋을 것 같아서,라고 했을 때 도서부원들은 말없이 또르르 눈동자만 굴렸다. 책을 많이 읽고 싶다면 독서토론부나 문예부로 가는 게 낫다는 조언은 아무도 하지 않았다. 스스로 그물 속에 들어온 물고기를 내보낼 바보는 없다. 잘못 들어온 물고기도 도서부에서는 대환영이다.

전학생은 교실에서와 마찬가지로 도서관에서도 있는 듯 없는 듯 조용했다. 당번이니, 책 정리니, 하는 업무에 놀란 물고기처럼 입을 뻐끔뻐끔했지만. 그래도 도서부 활동에 착실히 참여했다. 문예제 준비 회의에도 빠지지 않았다. 잔잔한 미소를 짓고 있다가 말을 걸면 잠시 머뭇거리긴 해도 곧잘 대답했다. 무엇 때문인지 기억은 잘 안 나지만 종종 웃기도 했다. 왜인지 모르게 전학생이 말할 때 좀 이상하다고 생각하던 나는 어느 순간 알아차렸다. 전학생은 숨을 깊게 들이쉬고 천천히 내뱉은 후에 말문을 열었다. 마치 공기가 희박한 곳에서 말하는 사람처럼. 망설이는지, 단지 한숨이 잦은 건지, 아니면 사람 드문 알래스카 같은 데서 살다 왔는지 몰라도 전학생이 입을 열면 귀를 집중하게 됐다. 워낙 목소리가 작기도 했다. 그렇다고 딱히 가까워지지는 않았다. 전학생의 발소리는 무척 조용하여 언제 왔나 깜짝 놀랐다가 다시 보면 어느새 사라져 민첩하기가 마치 고양이 같았다. 구석을 좋아하는지 900번대 마지막 책장 뒤, 창가 자리에서 자주 목격되었고 햇볕을 쬐며 책을 읽고 있는 모습은 아무도 알아주지 않지만 집 안 어딘가에서 잔잔히 좋은 공기를 뿜어내는 반려 식물 같았다. 그런 공기 정화 식물 같은 전학생을 눈여겨본 애가 또 있다니, 나는 무척 놀라고 말았다.

민트남이라니, 닭살이 오소소 돋으려 한다. 하지만 민트색 카디건이 예쁘기는 했다. 그나저나 전학생은 자기를 찾는 사람이 있다는 걸 알기나 할까? 대전의 존재를 아는지조차 의심스럽다. 담임의 지시로 반장이 이런저런 중요한 것, 그러니까 급식실과 매점 위치 등을 알려 줬지만 대전은 깜빡했을 수도 있다. 이래서야 빠르고, 웬만하면 정확하게 대신 전해 주는 대전의 위상이 무색하지 않은가. 전학생에게 슬며시 인스타그램 계정을 물어봐서 '이거 너 아님?' 댓글을 달아 줄까 싶기도 했다. 그러던 차에 이틀째 밤에 드디어 댓글이 달렸다. 평소와 사뭇 다른 댓글이었다.

♡ ◯   얘 게이라던데? ㅋㅋㅋ

이게 웬 개구리 뒷다리 긁는 소리인가. 누가 남의 성 정체성 같은 거 궁금하대? 그리고 'ㅋㅋㅋ'는 뭐야. 당장 댓글을 달고 싶었지만 기다렸다. 누군가 '미친'이나 '꺼지셈'이라는 댓글을 달아 줄 것이다. 하지만 기다림이 생각보다 오래 지속됐다. 드디어 두어 시간 뒤에 댓글이 달렸다.

♡ ◯   그래서 전학 옴? ㅋㅋㅋ

그제야 기다렸다는 듯이 댓글이 줄줄이 이어졌다. 떨어진 꿀 한 방울에 달려드는 개미 떼처럼 삽시간에 몰려들었다. 작은 눈 뭉치가 구르고 굴러 순식간에 거대한 눈덩이가 됐다. 풍문과 억측이 덧붙여지며 어마어마한 이야기로 불어났다.

대전이 온통 전학생에 대한 댓글로 뒤덮인 다음 날, 전학생은 평소처럼 교실 뒷자리에 차분히 앉아 있었지만 반 분위기가 묘하게 달랐다. 전학생을 힐끔대는 눈이 많아졌고 수군대며 낄낄거리는 애들도 있었다. 전학생은 알고 있을까? '너 아님?' 알려 줄 친구는 없어도 귀에 들어갔을 것이다. 나쁜 소식이란 대체로 좋은 소식보다 빠른 법이다.

그날 오후, 전학생은 도서관에 들러 사서 선생님과 잠시 얘기를 나눈 뒤 재빨리 떠났다. 책 정리도 돕지 않고 좋아하는 900번 책장 뒤 창가 자리에 앉지도 않고 가 버렸다. 오란이 녹주 너 두꺼비야, 뭐야, 하는 소리에 책을 읽던 전학생의 입꼬리가 씰룩 올라가는 순간을 나는 종종 목격했다. 당분간 그 모습을 보지 못할지도 모른다. 어쩌면 영영. 복도를 걸어 멀어지던 전학생의 뒷모습을 나는 그저 바라보고만 있었다.

악의적인 댓글을 단 애들의 계정에 접속해 보았다. 약속이라도 한 듯 모두 비공개였다. 일단은 댓글을 캡처 했다. 혹시 필요한 상황이 오면 증거로 삼을 셈이었다. 그게 어떤 상황일지는 잘 모르겠지만. 처음으로 대전 계정주에게 DM을 보내고 싶어졌다. 민트남을 찾는 글을 내려 달라고. 그 아래 달린 쓰레기 같은 댓글들을 말끔히 치워 버리고 싶었다. 그렇게 해도 악취는 사라지지 않겠지만.

나는 그동안 계정주가 오지랖 넓고 시간이 남아돌며 취미가 괴상하고 어쩌면 다소 괴팍할지도 모르지만 비교적 상식이 있고 대체로 성실한 사람일 거라고 추측했다. 호와 불호를 따지면 호 쪽으로 살짝 기운다. 어쩌면 매우 외로운 아이가 아닐까 생각했기 때문이다. 남몰래 계정주로 의심해 온 애가 있지만 잘못 짚은 것 같다. 계정주는 여전히 방관하고 있다. 혹시 이 상황을 즐기며 더 활활 타오르라고 부채질하고 있다면? 그렇다면 확실하다. 내 추측은 완전히 틀렸다.

어렸을 때 강아지를 기르고 싶다고 조른 적이 있다. 엄마는 힘들 거라고 반대했지만 나는 단념하지 않았다. 엄마는 내게 물었다. 강아지를 기른다는 건 네 시간과 마음을 줘야 하는 일인데 할 수 있겠느냐고. 나는 뭐든 줄 수 있다고 답했다. 엄마는 한 가지 조건을 내걸었다. 한 달 동안 시간과 마음을 주는 일을 해내면 원하는 대로 해 주겠노라 약속했다. 엄마는 내게 눈금이 있는 기다란 병을 하나 줬다. 매일 아침 8시와 저녁 8시에 병에 물을 따라 눈금을 채우고 휴대폰으로 사진을 찍어 엄마에게 전송해야 한다는 임무였다. 시간을 엄수하고 눈금도 정확히 맞춰야 한다. 일주일도 해내지 못한 내게 엄마가 말했다. 이 물병이 강아지였다면 너는 강아지를 죽인 거야, 네 시간과 마음을 주지 못해서. 물병과 강아지가 같냐고 나는 분해서 울었지만 강아지를 기르고 싶은 생각은 이미 사라지고 없었다.

의도했든 의도하지 않았든 영향력을 가졌다면 또 하나 가져야 하는 게 있다. 그건 바로 책임감이다. 엄마가 내게 시간과 마음이라고 말했던 것.

계정주는 도대체 누굴까. 창밖으로 편의점을 향해 오는 차미와 오란이 보였다. 우리는 하던 이야기를 마저 나눌 것이다. 물론 대전에 관한 이야기다. 우선은 라면을 먹고. 나는 차미와 오란을 향해 손을 흔들었다.

그날 밤 대전 계정이 사라졌다. 그리고 다음 날 전학생도 사라졌다.

학교가 온통 시끄러웠다. 계정이 폭파됐다는 둥, 계정주가 탈퇴했거나 비활성화시킨 것 같다는 둥 추측이 난무했다. 아이팟을 잃어버렸거나 등굣길에 반한 선배에게 마음을 전할 길이 없어진 아이들은 몹시 당황했다. 다시 계정이 복구되리라

고 희망을 품다 시간이 지나도 감감무소식이자 계정주를 원망
했다. 전학생은 사라진 게 아니었다. 맹장염으로 입원했다는
담임의 말은 아무도 믿지 않았다. 그렇게 때마침 맹장이 터지
다니, 진짜 해파리 옆구리 터지는 소리였다. 대전이 사라진 게
워낙 큰일이라 전학생에 관한 얘기는 쏙 들어갔다. 이럴 때 아
마 전화위복이라는 말을 쓰는 것 같다.

"또 전학 간 거 아냐?"

도서관에서 책장을 훑어보고 있을 때 건너편 책장에서 소리
가 들려왔다.

"전에 다니던 학교에서 강제 전학 당했다며?"

"그래? 소문나서 왕따 당하다 전학 왔다던데."

"으, 생각만 해도 소름 끼쳐. 어쩐지 좀 이상하다 했어."

여기 내가 있다고 알려야 했지만 이미 늦었다. 책장 틈으로
살짝 넘겨다 보니 대화를 나누는 두 사람은 1학년 도서부원이
었다.

"생긴 게 좀, 그렇게 생기지 않았냐?"

그러더니 둘은 키득키득 웃었다. 두 사람이 떠난 다음에도
나는 책장 앞에 서 있었다. 찾았다. 잘못 꽂힌 책이다. 한 칸 뒤
로 밀려 있는 책을 뽑아 제자리에 꽂았다. 소름 끼치는 건 너
희거든. 부아가 나서 고개를 돌리자 건너편 책장 뒤로 우두커
니 서 있는 차미가 보였다.

눈빛이 멍하고 어깨는 축 처져 있었다. 차미차미와 비슷하

지만 미묘하게 다르다. 차미차미가 되기 전에는 징조가 있다. 얼굴에 홍조를 띤 채 호흡이 빨라지고 눈은 반짝거리며 미어 캣처럼 목과 등이 꼿꼿해지고 심지어 귀까지 쫑긋해지는데, 가장 중요한 건 전학생이 근처에 있어야 한다. 차미의 눈은 늘 전학생을 좇았다. 유난히 긴 손가락 끝, 왠지 고양이처럼 소리 없는 발걸음, 이따금 씰룩하고 웃는 얼굴과 주저하는 듯 나직한 목소리 곁에 차미의 눈과 귀가 있었다. 추리 소설이 가득 꽂힌 책장을 바라보는 얼굴과 비슷했다. 나는 알았다. 차미가 도무지 차미답지 않은 건 차미의 마음속에 다른 사람이 들어와 있기 때문이다. 하지만 차미는 아무에게도 말하지 않았다. 대전도 차미의 마음을 전해 주지 못한다. 말하지 못하는 마음이 손 내밀면 펼칠 수 있는 책장의 책과 같다면 얼마나 좋을까. 나 역시 차미를 위해 아무것도 하지 못하고 그게 서글펐다.

"방귀 안 뀌어도 밥 먹을 수 있다는 거 알아?"

오란이 내 맞은편 책장 너머에서 책 사이로 눈을 맞추며 말했다. 뜬금없는 소리지만 오란이었으므로 놀랍지 않았다.

"더러운 얘기는 속으로 생각만 해라."

"맹장 수술하고 방귀 안 나와도 밥 먹는대."

"뭔 소리야?"

"진짜야. 이열무가 그랬어."

전학생, 민트남, 조심성 많은 고양이 같고 잔잔한 공기 정화 식물 같은 이열무.

"이열무가 너한테 그랬다고? 진짜? 언제? 어디서? 진짜 맹장 수술했대? 인증 사진 있어? 또 뭐래?"

"너 닭꼬치야, 뭐야. 꼬치꼬치 묻는 게 많아. 카톡으로 방귀 나왔는지 물어봤고 좀 전에 방귀 안 나왔는데 죽 췄다고 답 왔고, 과일은 먹으면 안 되고 또 뭐냐, 인증 사진은 미친 거야? 맛집 간 것도 아니고. 아, 그리고 문병은 사절이래. 꽃도 보내지 말래."

"어, 언제 학교 나온대?"

나는 책장 틈으로 차미를 건너다보며 오란에게 물었다. 차미의 표정은 담담하지만 귀 기울이고 있을 게 분명했다.

"퇴원은 내일인데 집에서 며칠 쉰대."

언제부터 이열무랑 카톡 하는 사이였는지 묻자 오란이 어이없는 표정으로 단톡방에서 다 같이 얘기하는 사이 아니냐고 대꾸했다. 도서부 단톡방을 열어 보니 과연 오란과 전학생이 조금 전까지 이야기를 나누었고 그 아래 막 새 메시지가 올라왔다.

'야, 이열무, 빨리 나와서 책 정리해라.'

오란과 나는 동시에 같은 방향으로 고개를 돌렸다. 사서 선생님이었다. 그렇게 안 봤는데 피도 눈물도 없는 무자비한 사람이었다. 맹장도 없는 사람에게 할 소리인가.

'이열무 빨리 나와. 너 없어서 힘들어 죽겠음.'

내가 보낸 메시지 아래로 줄줄이 몸은 괜찮냐는 안부와 쾌

차를 비는 응원이 이어졌다. 그리고 한결같이 빨리 나오라고 난리였다. 한참 뒤 전학생은 선글라스를 끼고 해변에 누워 음료수를 마시는 고양이 이모티콘을 보내왔다. 오란은 눈을 부릅뜨고 무서운 얼굴로 노려보다 중얼거렸다. 이런 귀여운 걸어디서 산 거야.

전학생은 열흘 만에 학교에 나왔다. 게시판에 붙인 그림처럼 조용히 앉아 있는 전학생에게 딱히 관심을 보이는 애는 없었다. 열흘은 짧다고도 길다고도 할 수 있는 시간이다. 소문이 가라앉기에 적당한 시간인지는 모르겠다. 다만 전학생이 다시 학교에 나온 날 대전이 부활했고 그동안 전해지지 못하고 어딘가에서 떠돌던 핑크핑크한 마음과 펭귄 모양 아이팟 케이스와 파란색 운동화 한 짝 등등의 분실물과 습득물 신고도 쉴 새 없이 올라왔다. 전학생의 출석은 완전히 묻혀 버렸다. 오비이락과 새옹지마라는 말 중 어떤 게 이 상황에 적절한지 나는 잠시 고민했다. 도서관 900번 책장 뒤 창가 자리에 민트색 카디건을 입고 앉아 있는 전학생의 모습도 다시 볼 수 있었다.

전학생과 우리는 조금 가까워졌다. 해가 짧아지며 100번 책장 뒤의 네모난 빛은 삽시간에 사라져 우리는 해를 따라 자리를 옮겨 다니다 급기야 900번대 책장까지 이르렀다. 전학생은 오란에게 잡혀 꼼짝없이 곰 젤리를 받았다. 말릴 새도 없이 곰 젤리 모양의 폭탄을 입에 넣은 전학생에게 암살 시도가 아니라고 내가 해명했지만 이미 늦었다. 얼굴이 빨개지며 진땀을 흘리던 전학생은 거의 울 뻔했지만 가까스로 참고 짠하게 웃었다. 옳다구나 싶었는지 오란은 전학생에게 애거서 크리스티를 전파했고 이번에도 전학생은 넙죽 받아들였다. 조심성이 부족한 애 같다.

전학생이 책을 읽는 동안 우리는 옆에서 햇볕을 나누어 쬐었다. 녹주 너 대머리독수리야, 뭐야. 왜 그렇게 인정머리가 없어, 하는 말도 안 되는 소리에 전학생은 고개를 숙인 채 잔잔히 웃었다. 그럴 때면 차미의 얼굴은 붉어지고 호흡이 빨라져 나는 아, 차미차미가 시작됐구나 알아차렸다. 다행인지 불행인지 눈치채는 사람은 나뿐이었다. 시간이 흐르며 내성이 생겼는지 차미차미 증상도 점차 완화되는 듯했다.

연한 호박색으로 물든 작은 사각형 속에서 우리는 책장에 나란히 기대어 앉아 찰랑대던 빛이 점점 희미해지며 짙은 나무색 책장 뒤로 사라지는 걸 지켜보았다. 그 시간의 도서관에는 대개 우리뿐이었고 빛은 순식간에 모습을 감춰 어딘가 모르게 먹먹하고 조금 쓸쓸해졌다. 잠시 흩날리고 지상에 낙하해 사르르 녹는 눈송이나 비 온 뒤 나타났다 투명해지는 무지개를 보고 난 다음처럼.

"그거 재밌어?"

오란이 전학생에게 물었다.

전학생은 오란이 권해 준 애거서 크리스티의『코끼리는 기억한다』를 읽고 있었다. 늘 그러듯 천천히 심호흡부터 하고 입을 열었다.

"책은 조용해서 좋아."

우리는 눈동자만 또르르 굴렸다. 조용하기로 치면 명상부나 서예부가 낫다는 말은 아무도 하지 않았다. 잡은 물고기를 방생하기에는 너무 늦었다. 전에 나는, 하고 전학생이 말한 건 창밖이 엷은 먹색으로 물들어 갈 때였다.

전에 전학생은 대금을 불었다. 중학교 음악 시간에 처음 접했는데 소질이 있다며 전공해 보지 않겠냐고 선생님이 진지하게 권유했다. 뭘 잘한다는 소리를 들은 건 처음이었고, 그보다도 대금이 좋았으므로 전학생은 진지하게 생각해 보았다. 평생 대금을 불고 업으로 삼아 살 수 있다면 좋겠다 싶었다. 부모님은 양쪽 다 예술적 기질이 없었기에 아들의 재능에 놀랐고 그 방면으로 거의 문외한이었으나 예술가로 살기란 매우 험난하리라는 것만은 알고 있어 내심 걱정했다. 그래도 지지와 지원을 아끼지 않았고 전학생은 예고 국악과에 입학했다. 전교에서 유일한 대금 전공자였지만 곳곳에서 아름다운 연주 소리가 울려 퍼지는 학교가 좋았다. 전학생은 훌륭한 선생님을 찾아다니며 열심히 배웠고 연습한 만큼 실력이 느는 재미에 더욱 노력했다. 심지어 꿈속에서도 대금을 불었다. 태어나서 그렇게 빠져든 건 처음이었다. 대금에서 흘러나오는 소리가 좋았고 그 소리를 자신이 만들어 낸다는 게 좋았다. 그런데 어느 날 대금 소리를 낼 수 없었다.

"갑자기?"

오란의 물음에 전학생이 고개를 끄덕였다.

"왜?"

"그걸 알 수가 없었어."

비가 올 것 같은 날이었다고 기억했다. 대금은 습도에 미묘하게 소리가 달라진다. 습한 날에는 비를 머금은 듯 더 깊고 청아해졌다. 대금의 한쪽 끝을 어깨에 얹고 수평으로 잡은 뒤 취구에 입술을 대고 가만히 숨을 불어 넣으면 어깨로부터 시작된 진동이 대나무 마디를 타고 미세하게 떨린다. 그럴 때면 온몸이 울리며 중력을 거슬러 지상에서 떠올라 그대로 어디론가 멀리 갈 수 있을 것 같았다. 무엇보다 마침내 소리가 흘러나오는 순간이 못 견디게 좋았다. 하지만 그날은 아무 소리도 나지 않았다. 아무리 숨을 불어넣어도 소용없었다.

악기의 문제는 아니었다. 다른 대금으로 바꿔 불어도 마찬가지였다. 선생님과 부모님은 마음을 편안히 하고 며칠 쉬어 보라고 권했다. 푹 자고 몸에 좋은 것을 먹고 좋은 생각을 하려 노력했다. 가벼운 운동을 하고 마음이 안정된다는 음악도 들었지만 소용없었다. 잠도 못 자고 먹지도 못하고 머릿속은 오직 대금 생각으로 가득 찼다. 병원에서 검사를 받았지만 목을 비롯해 몸에는 전혀 이상이 없어 아마도 스트레스 때문이리라는 추측에 정신과 상담도 받았다. 하지만 여전히 소리를 내지 못했다. 선생님은 결국 다른 악기로 바꿔 보라고 권유했지만, 대금 아닌 어떤 것도 좋아지지 않았고 잘할 자신도 없었다. 단념해야 할지도 모른다고 생각한 건 대금 소리를 내지 못한 채 1년쯤 흘렀을 때였다. 학교에서 늘 다른 아이들의 연주가 들렸고 아름답다고 느꼈던 그 소리는 진흙 구덩이에 서서히 가라앉아 숨구멍이 막히는 기분이 들게 했다. 가슴이 답답하고 두근거리다 천장이 무너져 덮칠 듯한 두려움에 정신없이 교실에서 뛰쳐나온 날 이후로 전학생은 다시 학교로 돌아가지 않았다.

"지금도 여전히 소리가 안 나?"

오란이 묻자 전학생은 전학 오고는 대금을 잡아 본 적 없다고 했다.

"한번 불어 봐. 이제 맹장도 없어졌으니 소리가 날지도 모르잖아."

어이가 없는 오란의 말에 내 속에서 뜨거운 것이 치솟았지만 전학생은 또 잔잔히 웃기만 했다.

"그, 그게 그렇게 갑자기 소리가 안 나기도 하는 거야?"

내 질문에 전학생은 흐읍, 하고 천천히 숨을 내쉬고는 그런 경우를 들어 본 적은 없다고 했다. 그러니 당연히 회복됐다는 얘기도 듣지 못했다. 전학생은 잠시 주저하다 입을 열었다.

"왠지 꿈같아. 이제는 그렇게 대금을 열심히 불었던 때가 있었다는 게 믿기지 않기도 해. 뭔가에 완전히 쏟아부었던 시간이 순식간에 사라져 흔적도 없어. 커다란 구멍이 생긴 기분이야."

전학생은 손바닥을 위로 펼쳐 유독 긴 손가락을 잠시 들여다봤다.

"대금에는 청공이란 구멍이 있어. 청공에 갈대 껍질로 만든 청이라는 얇은 막을 붙이는데 바람을 불어넣으면 청이 울리며 소리가 나거든. 나는 말이야, 그 청을 어딘가에서 잃어버리고 못 찾고 있는 느낌이 들어. 아, 이런 얘기 너무 재미없지?"

우리는 일제히 세차게 고개를 저었다. 선생님, 지금 얘기 너무 재밌습니다,라는 오란의 말에 전학생의 입꼬리가 살짝 올라갔다.

"청이 울리면 어떤 소리려나. 거 뭐냐, 피리랑은 다르지?"

오란의 질문에 전학생은 잠시 생각에 잠겼다.

"바람 소리."

그러고는 숨을 천천히 내쉬었다.

"깊은 밤에 갈대밭 사이로 부는 바람 같은 소리야. 청을 갈대로 만들어서일까."

전학생의 얼굴에 살며시 미소가 퍼지고 눈길은 어딘가 멀리 있어 눈을 뜨고 꿈을 꾸는 표정처럼 보였다. 나는 상상해 보았다. 어두운 밤 희미한 달 아래 물결치는 하얀 갈대숲 사이에서 대금을 부는 전학생의 모습을. 두 손으로 바람을 안고, 바람을 불어넣어 고요히 일렁이는 파도를.

"언젠가 소리가 나면."

차미가 말했다.

"우리에게도 들려줘."

전학생이 잔잔히 웃었다. 차미차미해지지 않은 차미가 조용히 그 웃음을 바라봤다.

그것이 오려 하는구나, 차미는 알았다. 불면증이다. 다른 사람은 어떤지 모르지만 차미의 경우에는 한 번 시작되면 열흘, 길게는 여러 달 이어졌다. 시작될 기미를 아는 것은 불면증을 여러 번 겪었기 때문이다.

처음 시작된 건 일곱 살 때로, 엄마와 떨어져 혼자 잠들 무렵이었다. 차미는 어둠과 커튼 사이로 스며든 달빛이 방 안에 만들어 내는 그림자가 무서워 엄마에게 달려갔다. 엄마는 차미를 침대에 도로 누이고 잠들기를 기다렸다 방에서 나갔다. 사실 차미는 잠들지 못했다. 차미는 더는 엄마를 깨우지 않고 밤새 어둑한 방 안에서 인형들과 놀았다. 인형들도 자지 않으므로 심심하지는 않았지만 여전히 무서웠고 그럴 때면 차미는 인형을 꼭 껴안았다.

두 번째 불면증은 4학년 때였다. 차미는 도저히 줄넘기를 할 수 없었다. 선생님은 천천히 해 보라고 했지만 번번이 줄을 밟거나 줄에 걸려 넘어졌다. 반에서 줄넘기를 못하는 건 차미와 또 다른 남자애뿐이었는데 그 애는 의욕도 없고 부끄러워하지도 않았다. 아빠가 줄넘기를 못하더라도 세상 사는 데 아무 지장 없다고 했단다. 하지만 그렇지 않았다. 줄넘기를 못하고 철봉에 오래 매달리지 못하고 수학 문제를 풀지 못하는 일이 늘어날수록 차미는 점점 작아져 어디론가 숨고 싶었다. 밤이면 다음 날 체육 시간이 걱정돼 잠이 오지 않았다. 줄넘기 수업이 끝나고 사라진 불면증은 얼마 뒤 피구를 시작했을 때 다시 나타났다. 그다음 불면증은 엄마가 여름 방학 수영 강습을 보냈을 때였고 한 달쯤 지속됐다. 차미는 잠들지 못하면 인형을 옆에 두고 책을 읽었다.

잠을 자지 않아도 별 문제는 없었다. 수업 시간에 졸지도 않고 밥도 잘 먹고 피곤하지도 않고 안색도 좋았다. 그저 잠을 자지 않을 뿐이었다. 차미는 침대 옆 작은 등을 켜고 노란 불빛 아래에서 책을 읽었다. 집에 있는 책은 금세 다 읽어 버렸으므로 도서관에서 책을 빌렸다. 흰토끼를 따라 굴속으로 들어가 이상한 약과 버섯을 먹고, 몸이 줄어들었다 커졌다 하며, 모자 장수의 티 파티에 참석하고, 체셔 고양이를 만나고, 여왕과 트럼프의 병사들과 한바탕 소동을 벌이는 이야기를 읽고 또 읽었다. 재밌거나 신기해서가 아니었다. 차미는 앨리스도 어쩌면 밤에 잠을 못 자는 아이일지 모른다고 생각했다. 잠들지 못하는 밤에 불빛이 희미하게 닿은 벽에는 여러 형태의 그림자가 일렁였고 차미는 조금 무서우면서도 혹시 체셔 고양이나 가짜 거북이 아닐까 상상했다. 어느 날의 그림자는 귀가 유독 길어 흰토끼구나, 알아차렸다. 차미는 그림자를 쫓아 밖으로 나갔다. 야트막한 산을 따라 오를 때에는 가쁜 숨을 몰아쉬었다. 가까스로 따라잡았을 때 하얗고 뭉툭한 꼬리가 커다란 나무 사이로 사라졌다. 나무 아래에 난 구멍은 너무 작아 차미는 물론 토끼도 들어갈 수 없을 것만 같았다. 어디로 갔을까 두리번거리던 차미는 나무 위에서 희미하게 빛나는 것을 보았다. 형광 카나리아였다.

연한 푸른색으로 은은하게 빛을 발하는 작고 예쁜 새는 포로롱 날아 차미가 내민 손바닥 위에 앉았다. 살살 쓰다듬자 몸을 기댔다. 손바닥이 푸른빛으로 물들어 부드럽고 따스했다. 작은 심장이 콩콩 뛰는 게 느껴졌다. 우리 집에 갈까? 카나리아가 차미의 어깨 위로 포르르 날아올랐다. 차미는 작은 새와 함께 집으로 돌아왔다. 차미가 침대에 눕자 카나리아는 베개로 올라와 얼굴에 몸을 붙였다. 차미는 그대로 잠이 들었고 이따금 보드라운 깃털을 부비는 카나리아를 느꼈다.

카나리아는 울지 않아 가족들에게 들킬 염려가 없었다. 먹지도 않고 묽은 똥을 싸는 일도 없이 옷장 위나 침대 밑에 조용히 숨어 차미를 기다렸다. 학교에서 돌아오면 날개를 파닥이며 차미의 머리와 어깨 위에 앉았다 날아오르기를 반복했다. 작고 부드러운 머리를 차미의 뺨에 콩콩 부딪히며 반가워했다. 차미는 더 이상 잠들지 못하는 밤이 두렵지 않았다. 푸르스름하게 빛나는 깃털을 살살 쓰다듬으며 밤새 카나리아와 이야기했다. 카나리아는 이따금 밖에 나가고 싶어 했지만 차미는 카나리아를 잃어버릴까 걱정됐다. 점점 빛이 희미해진 카나리아는 차미가 쓰다듬으면 힘없이 몸을 기댈 뿐이었다. 어느 날 오후 외출하고 돌아와 보니 창이 활짝 열려 있고 카나리아가 보이지 않았다. 엄마가 환기를 시키려 창을 열어 둔 거였다. 옷장 위와 침대 밑, 책상 서랍 속까지 방 안을 온통 뒤졌지만 카나리아는 없었다.

불면증은 그 뒤로 종종 짧거나 길게 찾아왔고 차미는 딱히 괴롭거나 성가신 마음 없이 책을 읽으며 밤을 보냈다. 흐릿한 노란 불빛 아래에서 책을 읽다 문득 고개를 들면 어둑한 벽에 동그란 머리와 부드럽게 휘어진 작은 부리 형상의 그림자가 비쳐 있었다. 귀여운 새의 모양을 한 그림자는 차미에게 물었다. 나를 사랑했나요? 차미는 대답하지 못하고 울며 그림자에게 손을 내밀었다. 새는 포로롱 날아가 버리고 없었다.

차미는 전학생을 처음 본 순간 카나리아를 닮았다고 생각했다고 한다. 닮은 구석은 없다. 당연하다. 한쪽은 인간이고 한쪽은 새니까. 전학생은 새처럼 귀엽지도 사랑스럽지도 않다. 그런데도 닮았다는 생각이 자꾸 들어 어처구니없고 당황스러웠다. 아니라고 생각하면서도 무심코 바라볼 수밖에 없었고 그럴 때면 살며시 머리를 기대던 작고 따스하고 보드라운 새가 그리워졌다.

얘기를 마친 차미는 차미차미의 상태가 되었다. 살짝 홍조를 띤 채 무언가 빛났다가 금세 사라지고 만 것을 보고 난 다음처럼 눈에 물기가 촉촉했다. 갈팡질팡하던 오란은 그것 말고는 할 수 있는 게 없다는 듯 차미의 손을 살며시 잡았고 손을 떼자 차미의 손바닥에는 곰 젤리 하나가 남아 있었다. 나역시 이런 상황에서는 어떻게 해야 할지 잘 모르지만 그래도 위로 같은 것을 하고 싶었고, 그렇다면 역시 그것 말고는 할 수 있는 게 없어 차미의 손에서 곰 젤리를 빼앗아 내 입에 넣었다. 입속에서 폭탄이 터졌다.

"너희 아직 있었어?"

000번 책장 뒤에서 담요를 쓰고 붙어 앉아 있는 우리를 발견한 사서 선생님이 놀랐다. 좀 춥기는 하지만 000번 책장 뒤가 얘기하기에는 제일 좋다.

"오늘 같은 날도 너희는 도서관이니. 좀 나가서 놀아라."

선생님이 으이구, 이 도서관 귀신들아, 하며 웃었다.

오늘 같은 날이어서 도서관에 있고 싶었다. 종업식을 했고 내일부터는 겨울 방학이다. 도서부원으로 도서관에 오는 건 오늘이 마지막이다. 그래도 자주 오겠지만 고3이니 엄청 바빠질지도 모른다. 선생님이 초콜릿 먹겠느냐고 해서 우리는 좋아요, 좋아요, 했다.

"그동안 수고했어."

선생님이 푸른색 포장지에 싸인 동그란 초콜릿을 하나씩 나눠 줬다.

"선생님도 수고하셨습니다."

우리는 초콜릿을 입에 넣고 녹여 먹으며 도서관을 나섰다. 문을 닫기 전에 고개 돌려 잠시 둘러보았다. 도토리를 찾아 책장을 뒤지던 봄과 여름, 토끼를 쫓고 함께 새벽을 맞았던 밤, 000번부터 900번 책장까지 햇빛을 따라 옮겨 다니며 나누었던 이야기들. 그 순간 책장 너머로 누군가 사라졌다. 잘못 봤음을 이내 깨달았지만 어쩌면 착각이 아니라 그 아이는 내가 잘 아는 누군가일 거라고 나는 생각했다.

"방학 때 뭐 할 거야?"

아무 특별한 일이 일어나지도, 생기지도 않을 줄 잘 알면서도 물었다.

"나는 핀란드에 가고 싶다."

오란의 뜬금없는 소리. 놀랍지는 않다.

"곰 젤리 사러?"

"정답."

오란이 앞머리를 훅 불더니 씩 웃었다.

"탄이 보고 싶다. 파랑 코점이도."

차미가 말했다. 도도도 마중 나오던 탄이, 까드득 까드득 새벽에 사료를 먹던 파, 까만 밤에 하얀 눈송이처럼 둥실둥실 다가오는 코점이, 숨죽여 고양이를 기다리던 밤, 왠지 별이 많고 총총했던 검푸른 하늘, 내 사랑아, 내 사랑아, 하고 노래 부르던 어린 오란. 모든 게 왈칵 기억났다. 평범하고도 불가사의한 여름이었다.

우리는 어쩌면 할 수 있는 일을, 그리고 아마도 당장은 할 수 없는, 그러나 언젠가는 할 수 있을 일들에 관해 얘기하며 걸었다. 날은 이미 어두워 쌀쌀했다. 학원 수업까지는 좀 시간이 남았고 우리는 갈 데가 있었다. 머리부터 꼬리까지 팥이 가득 차 있고 게다가 가격까지 은혜롭다며 오란이 며칠 전부터 침이 마르게 칭찬한 붕어빵 성지를 찾아가는 길이다. 그리고, 나에게는 확인할 게 좀 있었다.

"너 대전 계정주가 누군지 알지?"

나는 오란에게 물었다.

"아니, 몰라."

거짓말이다. 잠시 침묵, 불안한 눈동자와 팽창된 콧구멍, 그리고 다급하고 어색한 대답. 오란은 그런 식으로 말하지 않는다. 당황했음이 분명하다. 오란답지 않다. 아니, 오란답다. 오란은 거짓말을 되게 못한다.

"왜 그런 거야?"

나는 물었고 오란은 앞머리를 귀 뒤로 거칠게 넘기더니 대답했다.

"아마 뭘 잘 찾아 줘서?"

질문의 의도와는 전혀 다른 답이었지만 확실한 대답이 되어 주었다.

나는 차미를 향해 고개를 돌렸다. 속눈썹이 사라져서 찾아간 날, 쉽게 말을 꺼내지 못하는 나를 기다려 줬을 때처럼 차미는 눈을 맞추고 나를 가만히 바라봤다.

"계정주는 누구에게도 말하지 않았을 거야. 앞으로도 그럴 거고. 왜냐면 비밀이니까."

내가 말했다.

잠시 뒤 차미가 말했다.

"계정주의 친구들은 비밀을 지킬 거야. 왜냐면 친구니까."

우리는 서로 물끄러미 바라보다 누가 먼저랄 것도 없이 씩 웃었다.

"야아, 붕어빵 다 팔린다."

오란이 차미와 내 팔 사이로 손을 집어넣었다. 오란은 팔짱 도 되게 못 낀다.

우리는 오란을 가운데 두고 오란에게 결박당한 모양새로 이 인삼각 경기하듯 어정쩡하게 걸었다. 언제부터 알았느냐고 차 미가 물었고 오란은 그런 게 뭐가 중요하냐고, 지금 중요한 건 붕어빵이라고 말했고 나는 아마도 차미가 숲에서 카나리아를 만났을 때라고 생각했다.

"어, 뭐 온다."

오란이 고개를 젖혔다.

고개를 들어 하늘을 올려다보았다. 검푸른 하늘 가득 부연 점들이 쏟아졌다. 차갑고 부드러운 것이 눈썹에 닿자마자 사르르 사라졌다. 첫눈이었다.

나는 핀란드에 가 보고 싶다고 생각한 적 없지만 오란이 가겠다면 함께 떠나 곰 젤리를 잔뜩 사고 얼어붙은 호수와 하얀 자작나무 숲을 지나 오로라를 보러 가고 싶다. 깊고 어두운 밤 꿈처럼 어렴풋이 밝아지다 신비롭게 타오르는 빛을 올려다보며, 두 사람과 함께라면 두렵고 슬프더라도 완전히 혼자이진 않아 견딜 수 있을 거라고, 어쩌면 우리는 밤하늘을 올려다보며 내 사랑아, 내 사랑아, 노래 부를지도 모른다고 생각하니 조금 웃기고 이상하게 두근거렸다. 하얀 입김을 후후 내뿜으며 나는 차미와 오란과 함께 나란히 눈 속으로 걸어갔다.

도서관에서 몇 번 강연한 적이 있다. 좋아하던 정독 도서관 강연에서는 뺨에 홍조를 띤 채 귀 기울이는 청자를 만났고 섬진강 변 작은 도서관의 강연이 끝난 뒤에는 어르신이 직접 키웠다는 커다란 호박을 선물로 받았고 밤새 책을 읽는 학교 도서관 행사에 초대받아 학생들의 간식을 얻어먹기도 했다. 순천의 한 도서관에서는 엄청난 도서관 키즈들을 만났다. 세 살 난 동생을 업고 도서관에 놀러 왔다 우연히 강연장에 앉았다는 남학생은 아주 어릴 때부터 도서관에 다녔다고 했고, 도서관이 얼마나 끝내주는 놀이터였는지 말하는 목소리는 상기되어 눈동자가 반짝거렸다. 남학생의 이야기에 고개를 끄덕이는 사람들의 얼굴에는 왠지 미소가 살며시 퍼져 있어 나는 모두가 좋은 기억을 떠올리고 있음을 눈치챘다. 그것은 물론 도서관에 대한 기억이고, 아마도 다정하고 몽실몽실하며 어슴푸레하면서도 어딘가 모르게 빛날 것이다. 도서관은 내게 그런 곳이었다. 도서관은, 그 안의 책들은 나를 다른 곳으로 데려갔고 어쩌면 조금 더 나은 사람이 될 수 있을지 모른다는 희망을 품게 했다.

요즘 내가 다니는 도서관은 산자락에 있다. 도서관까지 닿는 길은 여러 갈래인데 조붓한 나무 계단이 수십 개 이어진 길이 가장 빠르지만 여러 번 가쁜 숨을 몰아쉬기 마련이고 포장도로인 완만한 경사 길도 마지막에는 좀 숨이 찬다. 제일 좋아하는 건 숲을 끼고 굽이도는 흙과 낙엽과 이끼로 덮인 길이다. 도서관의 위치상 약간의 등산은 필수이나 본격적인 등산과는 거리가 멀고 어떤가 하면 시원한 물을 머금은 기분과 느슨한 걸음으로 오른다. 초록 사이로 새소리가 들려오고 하얀 고양이가 길 없는 숲을 자꾸자꾸 걸어 사라졌다. 봄이면 산은 온통 파스텔색으로 뒤덮인다. 흐드러진 연분홍 벚꽃과 사람 키만한 철쭉의 숲, 연둣빛 사이로 사람들이 벌 떼처럼 웅웅거리고 엇따, 징허게 좋다, 여기 사진 좀 찍어 봐라, 저기도 좋다, 소리가 왁자지껄해서 뭐야, 너무 시끄럽잖아 하면서도 나는 왠지 웃으며 도서관으로 간다. 일주일, 적어도 2주에 한 번은 도서관에 가고 그러니까 나는 일주일, 적어도 2주에 한 번은 등산 비슷한 것을 하며 그동안 산길은 연한 파스텔색에서 진녹색으로, 어느 날은 온 산이 붉은 단풍으로 물들다 어느덧 하얀 눈이 쌓여 사박사박 걷는 날도 있어 포르릉, 날아오르는 새의 기척과 눈 위에 남은 작은 흔적들을 살피며 나는 내 소설이 그런 모습이었으면 했다.

이 책은 내가 좋아하는 것들로 가득하다. 애거서 크리스티의 소설과 『여름으로 가는 문』, 『앵무새 죽이기』, 『이상한 나라의 앨리스』, 책이 가지런히 꽂혀 있는 도서관, 작은 책방과 책방을 찾는 고양이들, 검푸른 밤하늘에 희미하게 빛나는 별을 올려다보며 내 사랑아, 내 사랑아, 노래 부르는 나지막한 목소리, 작고 상냥한 세계에 귀 기울이는 총명하고 씩씩한 소녀들, 그들은 마음을 나누지만 각자 비밀 하나쯤은 간직하며 서로의 비밀을 존중한다. 어쩌면 그렇게 세상은 유지되는지도 모른다. 작고 소중한 것을 지키려는 다정한 마음으로.

단편 「더 이상 도토리는 없다」를 발표한 뒤에 녹주, 오란, 차미의 이야기를 더 듣고 싶다고 말씀해 준 이하나 편집자님께 감사를 전한다. 세심한 조언과 애정 어린 격려 덕분에 소설을 완성할 수 있었다. 아름다운 추천사를 써 주신 김지은 평론가님과 책방 사춘기의 유지현 대표님께도 감사드린다. 이 책에 소개된 『왕자와 드레스메이커』는 내가 무척 사랑하는 책으로, 김지은 평론가가 번역했고 정독 도서관 강연에서 만난 볼 빨간 청자는 바로 유지현 대표였다.

내게 소재와 웃음과 귀여움과 영감을 잔뜩 주는 조카 아인이에게 셀 수 없을 만큼 많은 하트를 보낸다. 그러고 보니 녹주, 오란, 차미는 아인이와 어딘가 모르게 닮았다. 그리고 늘 내 책의 첫 독자가 되어 주는 자매들, 고맙다.

느슨한 걸음과 다정한 마음으로
2023년 여름,
최상희

『빨간 머리 앤』의 루시 모드 몽고메리가 2023년으로 와서 쓴 것처럼 품격 있는 사랑스러움이 가득한 소설이다. 녹주, 차미, 오란의 우정은 어떤 그늘도 품에 안아 버리는 여름의 청록색이다. 모든 것이 흩어져 버리는 시대에 분산되지 않는 청량한 시간을 간직하며 성장하는 청소년이 있다는 사실이 얼마나 큰 위안이 되는지 모른다. 그들의 네 번째 친구가 되고 싶다.

최상희의 소설은 신기하다. 사람과 사람 사이에 매일매일 깃드는 빛을 단추처럼 정확히 만져 볼 수 있게 만들어 준다. 그가 들려주는 구석의 속삭임에 귀를 기울이고 있으면 어느새 옥상의 후련한 풍경 앞에 서 있다. 녹주와 차미와 오란은 '친해진다는 것'의 자세한 방법을 아는 사람들이다. 옛 친구가 있다면 친구가 그리워지고 새 친구가 있다면 가까워질 수 있도록 도와준다. 소설 다섯 편을 읽었을 뿐인데, 이런 일이 가능하다니 그는 마법사와 은은한 연을 맺고 있음이 틀림없다.

나는 최상희의 소설을 사랑한다. 잠시 문학다운 문학을 읽어야겠다 싶을 때 그의 단편을 읽는다. 그런데 이 책에서는 그 단편들이 더 좁은 방으로 들어와 내 곁에 바짝 앉았다. 우산을 쓰고 고양이처럼 도토리같이 작은 목소리로 책을, 문학을, 우정을 이야기한다. 소설과 친구가 된다는 건 바로 이런 기분이다. 여러분에게도 이 고요한 다정함을 나눠 드리고 싶다.

◆ 김지은(문학평론가)

어떤 이야기는 세계를 점점 더 사랑하게 만드는데 내게는 최상희의 소설이 그러하다. 그는 그냥 지나칠 법한 구석의 마음에 시선을 두고 누군가의 작은 혼잣말에도 귀를 기울인다. 또 어둠 속에서 작고 빠르게 사라지는 그림자를 발견하거나 사실 검정에도 푸르스름한 밝은 빛이 있다는 가능성을 찾아낸다. 『속눈썹, 혹은 잃어버린 잠을 찾는 방법』은 점점 더 희미해지는 '이어짐'에 대한 감각을 다시 떠올리게 한다. 오른쪽 속눈썹을 찾다가 하나의 우산을 나눠 쓰면서 친구가 되고, 길고양이 밥을 챙기는 공통점으로 미지의 이웃과 끝없는 대화를 이어 가고, 타인의 마음을 대신 전하는 SNS를 만든 익명의 계정주의 마음을 가늠해 보게 된다. 작고 사소한 순간으로부터 연결될 수 있는 소중한 기쁨에 대해 새삼 깨닫는다. 굴릴수록 커지는 눈덩이처럼 다정한 마음이 너무 커져서 책을 읽는 내내 자꾸만 벅차올랐다. 본 적 없는 얼굴들을 그리워하며 녹주, 차미, 오란 세 아이들의 이야기가 끝나지 않기를 바라며 책장을 덮는 일을 미루기도 했다. 좋아하는 마음을 함께 나누고 싶다는 바람으로 내가 책방을 열었듯, 작가는 소설을 쓰고 있다는 생각이 들었다. 문장과 문장 사이에 끼워 둔 작가의 상냥한 사려들을 수집하며 조금 더 나은 사람이 되고 싶어졌다. 나를 성장시키는 이야기는 언제나 필요하다. 이어지고 있다는 감각이 더없이 간절한 시대에 "우리는 어디론가 연결된 문을 찾아가고 있다"(121면)라는 희망이 이 세계를 좀 더 든든하게 만들어 줄 거라고 기대해 본다.

◆ 유지현(책방 사춘기 대표)